万葉名歌

土屋文明 著

アートデイズ

万葉のふるさと

撮影・桑原英文

近江の海夕波千鳥汝が鳴けば心もしぬにいにしへ思ほゆ　柿本人麿

近江の海（琵琶湖）　天智天皇のもと近江大津宮には華やかな宮廷文化が花開く。天智亡き後、壬申の乱が起り近江朝は潰滅する。

大和（藤原宮跡と大和三山）　大和は国のまほろば……。津令国家として歩み始めた大和朝廷の都として栄え、初期万葉の舞台となった。

春過ぎて夏来るらし白妙の衣ほしたり天の香久山　持統天皇

あをによし奈良の都は咲く花の匂ふがごとく今さかりなり　小野老

平城宮朱雀門(奈良市)　唐の都・長安を模して造られた平城京。七代にわたる天皇の都として繁栄を誇った。

阿騎の野(奈良県大宇陀町)　古代の狩猟場であった阿騎の野。日並皇子を追慕する人麿の絶唱が朝焼けの壮大な景観に重なる。

東の野にかぎろひの立つ見えてかへりみすれば月傾きぬ　柿本人麿

よき人のよしとよく見てよしと言ひし
吉野よく見よよき人よ君
天武天皇

吉野山(奈良県)　古代より景勝地として知られる。歴代天皇はたびたび行幸し、離宮も営まれた。天武天皇挙兵の地でもある。

我も見つ人にも告げむ葛飾の
真間の手児名が奥津城処
山部赤人

下総葛飾の継橋(千葉県市川市)

一人の少女が三人の男性に言寄られ窮して自殺。万葉歌に登場する手児奈伝説の地である。

春の園くれなゐにほふ桃の花
下照る道に出て立つ処女
大伴家持

大伴家持像(富山県高岡市)

「しな離る越」の地に家持は国守として赴任。都への望郷の思いに駆られながら数多くの秀歌を詠む。

田子の浦ゆうち出でて見れば真白にぞ
不尽の高嶺に雪は降りける
山部赤人

雪を頂く富士山(静岡県)　東国への旅の途中、赤人が仰ぎ見た霊峰富士。その崇高、雄大さをみごとに詠み込み富士賛歌の代表作となる。

都府楼跡(福岡県)　遠の朝廷と称された太宰府政庁跡。太宰帥として赴人した旅人は、憶良らと〝筑紫歌壇〟を形成する。

沫雪のほどろほどろに降りしけば
奈良の都し思ほゆるかも
大伴旅人

目次

土屋文明と万葉名歌

小市巳世司

この程、土屋文明の『万葉名歌』（現代教養文庫　昭和31年社会思想社）が新しく単行本として出版されることになった。『万葉名歌』は『万葉集小径』（昭和16年三学書房）をもとにして改訂改版したものであるが、その『小径』は『万葉集名歌評釈』（昭和9年非凡閣）に若干の加削を施して改版したものである。

土屋文明の数ある万葉集関係の仕事の中で最も著しいのは『万葉集年表』と『万葉集私注』である。『年表』（昭和7年岩波書店）は万葉作者の互に交渉影響し合った跡を辿るべく、万葉集全巻を製作年代順に編集したものである。『私注』（昭和24年～昭和31年筑摩書房）は万葉集全巻四千五百余首の注釈である。万葉集は言うまでもなく日本民族の文化遺産として最も重要な古典の一つであって、従来種々の分野から研究されているのであるが、『私注』は歌人文明が万葉集をあくまで文学作品として読み解いたものである。『私注』の際立った特色は実にその点にあるのであるが、学術的な面でも従来見逃がされていた資料にまで目を通している所が少くない。ともあれ、長年に亘《わた》る『私注』の仕事を通して、文明自身の万葉集への理解が深まり、新しい発見にも恵まれるようになったと思われる。

なお、『万葉紀行』（昭和18年改造社）『続万葉紀行』（昭和21年養徳社）に代表される万葉集の地名、交通路等地理関係の仕事も独自な研究として見逃し難い。万葉集を読み解く上で今では分らなくなっている事は色々あって、何も地理関係の事に限らないが、単に文献上の探求に止まらず、実に丹念に実地踏査をしている。従来殆ど行われなかった、こうした万葉地理の解明が歌一首一首に新しい光を当てることになったのは言うまでもない。

『万葉名歌』は万葉集の短歌の中から傑作佳作は勿論、所謂有名作品の大方を選んで解説したものであるが、冒頭に記したような経緯の成立であって、もともと初学を対象としたものである。従って煩瑣《はんさ》な説明は省いて平易簡明を旨としている。しかし、文学として万葉集を読むという本来の趣旨から言えば、そのエキスだけが絞り込んであるので、むしろ受け入れ易いのではないかと思う。

選出した歌の配列が万葉集の巻の順序によらず、『万葉集年表』によって年代順なのは最初の『名歌評釈』以来一貫している。

ただ、『万葉集小径』から『万葉名歌』へ改版した際に加えた改訂に就いては些か説明をしておきたい。一つは戦前戦後を分けた著しい時代の変化に伴うものである。仮名遣いを歌を除いて歴史的仮名遣いから現代仮名遣いに変えた。言葉遣いも一層平易な言い方に改めた。皇室に対する敬語もその一つである。また歌の漢字仮名交じりの表記法も今風に読み易くした。

もう一つは、これが改訂の主眼なのであるが、『私注』によって達成した成果を出来るだけ活かして取入れたことである。

一例を挙げると、大伴家持の作、

ますらをは名をし立《た》つべし後《のち》の代《よ》に聞《き》き継《つ》ぐ人《ひと》も読《かた》り継《つ》ぐがね（巻十九・四一六五）

は山上憶良の歌（巻六・九七八）に追和したものであるが、その憶良の歌を『万葉集小径』では、

士《をのこ》やも空《むな》しかるべき万代《よろづよ》に語《かた》り続《つ》ぐべき名《な》は立《た》てずして

と訓んでいるのを、『万葉名歌』では『私注』により、

ますらをも空《むな》しかるべし万代《よろづよ》に語《かた》り継《つ》ぐべき名は立《た》たずして

と改訓している。つまり、「名は立てずして」と「名は立たずして」の違いであるが、憶良のは男子たる者が「名も立てずにむなしくはなれない」というのでなく、男子たる自分も「名の立つこともなくむなしくなろうとしている」というのである。それに対して家持のは男子たる者はよろしく「名を立てるべきだ」というので、両者の心境の著しい違いを縷々《るる》と説き明かしている。

『私注』には通説と異なる独自の見方が随所に見られるが、これもその一つであろう。

小竹《ささ》の葉《は》はみ山《やま》もさやに乱《みだ》れどもわれは妹《いも》おもふ別《わか》れ来《き》ぬれば（巻二・一三三）

柿本人麿の石見《いわみ》の国から上京する時の歌である。三句のミダレドモはサヤゲドモとも訓まれていて、『小径』ではサヤゲドモを取り上げ、一訓としてミダレドモを挙げている。サヤゲドモはミヤマモサヤニのサヤニと響き合って快適に聞えるけれども、『名歌』は重厚真率にひびくミダ

レドモの方を立てている。文明自身サヤゲドモかミダレドモか迷った時期があったと見えるが、『私注』では「サヤゲドモと訓む説者はサヤニとの諧調を言ふが、それは反つて感銘を末梢的にする。」とはっきり論断している。

田子《たご》の浦《うら》ゆうち出《い》でて見《み》れば真白《ましろ》にぞ不尽《ふじ》の高嶺《たかね》に雪《ゆき》は降《ふ》りける（巻三・三一八）

山部赤人の富士山を望み見た歌である。この歌は初二句が「田子の浦から船で海に漕ぎ出して見れば」という具合に取る説を初めとして色々言われており、田子の浦自体も今の何処を指すのか定かでない。『小径』では「田子の浦から海岸に出て見れば」ぐらいで済ます外なかった。それを『万葉紀行』の執拗な実地踏査によって、赤人が富士山を望見した正にその場所を突き止めたのである。詳細は『万葉紀行』に譲るとして、『万葉名歌』は田子の浦の所在は勿論、「田子の浦から見晴らしのきく広々とした所に出て見ると」という、富士山の全景が一目に見渡される、その場所へ迷いなく案内してくれる。『万葉紀行』の実地踏査が万葉の名歌を今に蘇らせた、これは一例である。なお挙げるべき例は多々あるが、簡略に従う。

この度私は久しぶりに『万葉名歌』を一読する機会を得たのであるが、何か心が洗われたようなすがすがしい思がしている。初学の入門書ではあろうが、単なる入門ではなく、作歌の神髄へ導く遥かな一筋の道への入門でもあるからであろう。

平成十三年十一月

文庫版の「序」

この本は、前に『万葉集小径』という名で、発行したものをもととした。万葉集の中の代表的な歌を三百余首とり出して、主にその作品としての味わいを解きあらわそうとしたものである。万葉集四千五百余首の作品は、もちろんどれもそれぞれに面白いものであるので、簡単にその中から代表的な作品を数百首選び出すということはやさしいようで、決してやさしい仕事ではないと思う。古いところでも新しいところでも、いろいろそうした書物が出ておるが、選ぶ人々によって、選び出される作品が、必ずしも一致しないのはそのためである。この本の選出は、作品の感銘、文学的の価値というものを第一とした。したがって、その他の意味で有名になっている歌でも、はいらないものもあるわけである。

この本でやったように、万葉集の巻々の抜粋でなしに、全体を通じて年代順に並べたことは、単に文学史的の興味ばかりでなしに、もっと広いこの時代の精神史に何か役立つのではないかと思われる。第一このやり方で万葉集の作者がお互いに影響し合いながら成長していった筋道の、ごくあらましは、分るのではないかと思う。

前の『万葉集小径』は、古い発行なので、この版では、その後発行した『万葉集私注』をもととして読み方や解釈にも相当改訂をしたところがある。それでもなお、広く行われている学説や考え方と違っている点も少くないと思う。そういうことについての説明は、この本ではあまり立ち入らないことにしてあるが、なお、この本の考え方の根拠を必要とする読者には、右の『万葉集私注』がいくらか役立つだろうと思う。

万葉集についての説明は、本文の方に記したとおりであるが、古い、新しいという時代をこえて、万葉集がわれわれ日本人に訴える力を持っているのは、事実というほかない。おそらくこのつながりは、日本語というものが続く限りは、続くに違いない。ただ万葉集はどこまでも歌集なのであるから、一つ一つの作品の感銘を離れては、どんな行きとどいた議論でも、万葉集を伝えることはできない。この本の取り上げた作品の数は、必ずしも多いとはいえないけれども、その一首一首が必ず理論を越えたところで、読者とこのすぐれた日本民族の遺産とを結びつけるのに足りるものだと信じる。

昭和三十一年八月

土屋文明

万葉集理解のために

万葉集とはどんな書物か

万葉集は、現在伝わっているわが国の歌集の中で、一番古い歌集である。読み方は、マンヨウシュウでも、マンニョウシュウでもよく、両方行われている。万葉集と名づけた意味は、はっきり分らない。万のことばを集めたものという意味であろうと、古くからいわれていたが、近ごろは、「葉」は「ことば」ではなく「時代」の意味であろうという説が有力になり、万世の歌を集めたもの、もしくは万世に伝えるべき歌を集めたものというのであろうとも考えられている。

しかし、この時代の中国の書物に、何々「詞林」とか「字林」とかいう名をつけたものがあり、日本にも万葉集よりも前に、今は伝わらないが、山上憶良《やまのうえのおくら》の作った『類聚歌林《るいじゅかりん》』という歌集のあったことが知られている。いずれも、物をたくさん集めたものという意味に「林」という字を使って書名にしているから、「万葉」は「歌林万葉」で、歌の林の木の葉にもたとうべき多くの歌を集めた書物という意味であろうと思われる。

万葉集は、二十巻から成り、約四千五百首の歌を集めている。その大部分は、もちろん、五七五七七の普通の短歌である。その他、五七五七……と続いて最後が五七七で終る長歌や、五七七五七七の旋頭歌《せどうか》などもあるが、短歌に比べると、はるかに数が少い。

そして、それらの歌を、幾つかの部類を立てて分類したり、年代順を考えたりして、編集している。しかし、その編集のやり方は、全部の巻を一つの方針でおし通したものではなかったと見えて、巻々によっていろいろである。部類の立て方も、雑歌《ぞうか》、相聞《そうもん》、挽歌《ばんか》、譬喩歌《ひゆか》、春夏秋冬の四季によるもの、その他いろいろであって、巻によって一定していないのであるが、部類立ての根本になっているのは、雑歌、相聞、挽歌の三つであったように見える。相聞は、広く人と人とのやりとりであるが、実際には恋愛の歌が主になっている。挽歌はもと中国で柩《ひつぎ》をひく時にうたう歌をいうのであるが、万葉集では一般に人の死を悲しんだ歌が集められている。雑歌は相聞歌、挽歌以外の歌であって、むしろ歌としては一番本格的なものが、集められている。

編集は誰がいつしたのかというと、これもはっきりしたことは分らない。撰者すなわち編集者には、幾人かの候補者があげられているけれども、その中では、万葉集の末期の作者である大伴《おおとも》家持《やかもち》が古くから一番有力である。しかし、確かに家持だという積極的な証拠は、もちろん一つもない。ただ内容から見ると、大伴家関係の記事がとりわけ詳しいことや、家持の手記か、少くともその手記を唯一の資料にしたと見える巻が幾つかあることや、家持の歌は他の作者に比べてとびぬけてたくさんあり、家持の天平宝字《てんぴょうほうじ》三年（七五九年）の作を最後にして万葉集が終っていることなど、いろいろの点から、編集者としてふさわしい条件を具えた個人を考えると、やはり大伴家持が一番有力になるのである。

万葉集は、日本の文字すなわち仮名が発明される前の編集なので、すべて中国の文字すなわち漢字で記されている。この時代の書きことばは、漢文で書くのが普通であったから、万葉集でも、歌以外の記事は漢文である。しかし歌は、もちろん日本語の歌であるから、漢文ですますわけにいかない。そこで、漢字を、表意文字としてそのまま使ったり、あるいは表音文字に代用したりして、いろいろ苦心しながら、日本語を書き表わしている。しかも、そのやり方は、今日から見るとひどくまちまちで統一がなく、一定のきまりを見出すことは、ほとんどできがたいくらいである。例えば、「我」の字が、表意文字としてワ、ワレ、ア、アレ、ワガ、アガにも用いられるし表音文字として助詞のガにも用いられるという具合である。それらの用い方を幾つかに分類することはできないわけではないが、一々の場合になると、そのどれをあてはめてよいのか、簡単に決められないことが多い。この複雑で統一のない表記法が、万葉集の歌の読みにくい、一番大きな原因になっている。従って、一つ歌を読むにも、それをどういう日本語として読んだらよいか、いろいろ問題が起るのであり、一首の歌にいろいろな読み方が考えられることにもなるのである。今日では、昔からの多くの学者、ことに江戸時代の元禄ごろから今日に至る多くの学者の研究によって、だいたいは読み解かれているけれども、まだ読み方のはっきりしないものも、相当残っている。

万葉集には、万葉集よりも前にあった歌集で、今はほろびてしまったものが、幾つか引用されている。前にあげた山上憶良の編集した『類聚歌林』もそうであるが、その他に、『柿本人麿《かきのもとのひとまろ》歌集』『笠金村《かさのかなむら》歌集』『高橋虫麿《たかはしのむしまろ》歌集』『田辺福麿《たなべのさきまろ》歌集』『古歌集』などの名が見えている。どういう歌集であったかは、現在見ることができないから、もちろん分らない。ただ、万葉集に引用されて残っている歌や記事によって、そのおおよそが想像されるだけである。

万葉の時代

万葉集に載っている歌は、時代の分っているものでは、古いところは仁徳《にんとく》天皇（三一三―三九九年）の時代から、新しいところは淳仁《じゅんにん》天皇の天平宝字《てんぴょうほうじ》三年（七五九年）まで、その間およそ四百五十年にわたっている。

しかし、古い時代の歌は、はたしてその時代のものかどうか、疑問もあるし、また数もきわめて少い。実質的には、舒命《じょめい》天皇（六二九―六四一年）の時代以後の百二、三十年間の作品と見てよいのであろう。作者のわからない、従って時代も分らない、いわゆる民謡は、万葉集の過半数に及ぶ数を占めているのであるが、その民謡も、大体は以上と同じ時代に行われたものと見て、たいして間違いはないようである。

万葉集の時代が、実質的には舒明天皇時代以後のものであるというのは、単に歌の数が急にそのころから多くなることばかりではない。それ以前の古い歌が、本質的には、前代の記紀歌謡時代のものと変わりがないのに比べて、ほんとうの意味で作者のある歌、いいかえれば、個人としての意識にはっきり目覚めた歌が作られるようになっている。この新しい歌風こそは、前代の記紀歌謡とは著しく違う、万葉集の新しい歌風といってよいだろう。つまり、ほんとうに万葉集の歌らしい万葉集の歌は、だいたい舒明天皇時代から始まるといえよう。そういう点からも、万葉集の実質的な時代を以上のように見ることができるように思われる。

このように万葉集の新しい歌が、この時代に始まったということは、もちろん、当時の日本の世の中のありさまと、無関係には考え得られない。いうまでもなく、このころの日本は、天皇を中心とした新しい国家の建設を目ざして、いろいろな新しい文化的な大事業を、とりわけ天智《てんち》天皇のいわゆる大化の改新を通して、急速に押し進めた時代である。従って、そうした文化的な事業に直接参加した、あるいはその恩恵をこうむった人々の生活が、一段と明るく、生き生きとしたものになったことは容易に想像できよう。万葉集の初期の、自我に目覚めた新しい歌は、そういう人々によって作られている。やがて新しい国家の統一は完成され、「咲く花のにほふがごとき」奈良の都の盛りを見るのであるが、同時にそれに伴ういろいろの矛盾も、ないわけではなかった。そうして、それは、万葉集の終りに近づくにつれて、世の中のいろいろの面に、だんだん著しくあらわれてくるのであるが、それがやはり万葉集に反映しているのである。

万葉の作者

万葉集には、非常にたくさんの作者が登場する。しかし、それらの人々は、今日いうような専門歌人ではなく、何かの機会に自分の生活を歌であらわさずにはいられなくなって、作ったというようなのが、普通であったから、ただの一首、またはせいぜい二、三首の作者が、一番多いのである。

さらに万葉集の過半気を占める歌は、作者のわからない、いわゆる民謡であるが、この民謡は単にある個人が作ってその名がわからなくなったというようなものでなくて、集団なり社会なり民族なりに共通した意識や感情が、いろいろの手続きを経て、現在見るような歌の形にあらわされたものである。従って、しいて作者を求めれば、名前の忘れられた一個人ではなく、その歌の行われている集団なり、社会なりの感情であり、さらにいえば、そうした一つ心に結ばれている一般民衆であるといわなければならないであろう。

そうなると、数人のすぐれた歌人だけで万葉集を代表させるということは、もともと無理なことであり、またそこに万葉集の特質があるということにもなるのである。しかし、他の一面ではこれら多くの作者が、皆一様に同じ力ではたらいているわけではない。万葉集の著しい歌風の創造には、すぐれた一人の作者の力がはたらいているところもあるのであり、そういう意味で、幾人かの代表的歌人はあり得るであろうから、それらの作者を無視することも、もちろんできないわけである。

また万葉集の作者は、多種多様で範囲が広く、上は天皇から下は乞食に至るまで、当時の社会のいろいろの方面に及んでいる。しかし、名の分っている作者の多くは、当時の上流階級、支配階級と見てよい。一般民衆のものは、東国の農民出身や防人《さきもり》やその妻の歌のように、特別の事情で名前の分っているものもないわけではないが、大部分は作者のわからない民謡となって伝えられている。また男女の割合については、大体は似たようなもので、後世の次々の時代よりも、はるかに女の活躍した時代ともいえよう。ただ女の作者には、特にすぐれたものは、少いようである。

万葉集の作者については、大体以上のようなことがいえよう。ただ、幾人かのすぐれた作者、いわゆる代表的歌人については、本文の中で必要に応じて解説したつもりであるが、今便宜上とりまとめると、おおよそ次のごとくであろう。

柿本人麿《かきのもとのひとまろ》　人麿は、後の世から歌聖とあがめられたのはもとより、既に万葉集の時代に伝説的な存在になっていたと考えられるほど、有名であり、また実際にも、とびぬけてすぐれた数々の作品を残したのであるが、その経歴については、万葉集以外に直接手がかりとなるような資料を求めることができない。すぐれた歌を作ったがために、その偉大な名を今日にまで残したにすぎないのである。生国は、近江《おうみ》とも石見《いわみ》ともいわれるが、大和《やまと》の国と見るのが一番実際に近いようである。身分の低い官吏として、持統《じとう》・文武《もんむ》両朝に仕えたのであるが、晩年に及んで、石見の国に赴任し、時に上京することはあっても、そこで没したものと思われる。没年は、もちろんはっきりしないけれども、だいたい文武天皇の和銅二年（七〇九年）ごろより前で、年齢は五十五、六歳にはなっていたであろうと考えられる。

人麿の歌で、年代の明らかなのは、持統天皇の三年（六八九年）、皇太子の日並皇子《ひなみしのみこ》のなくなられたのを悲しんだのが、一番早い。人麿のまだ若いころで、三十歳前後であったろう。その後、日並皇子についで皇太子となられた高市皇子《たけちのみこ》がなくなられた時にも、皇子のために悲しみの歌を作ったが、この他にも皇子や皇女を悲しむ歌を、幾度か作っている。また一方、吉野離宮をはじめ度々の天皇の行幸《ぎょうこう》に従って、その土地をほめ、天皇をたたえる歌を作った。これは、人麿が宮廷に仕えていたからではあるが、人麿の歌人としてのすぐれた腕前が、特別に朝廷からも認められ、公の儀式や行事に際して、歌を作る機会を与えられるというような事情があったのであろう。だからといって、彼をいわゆる「宮廷詩人」の名で呼ぶのは、実際にあわないのであるけれども、万葉集の他の多くの作者とは違って、なかば専門的に歌を作った一人と見てよいであろう。以上のような歌の他に、もちろん人麿は、自分自身の生活の歌や旅の歌を作って、すぐれた多くの作品を残している。こうして歌人として人麿が一番盛んに活動したのは、持統天皇の二、三年ごろから、文武天皇の三、四年ごろまでの、十年余りの間であったようにみえる。

人麿の歌人としてすぐれていることは、今さらいうまでもないけれども、ほんとうの価値は、それなら、どこにあるのであろうか。舒明天皇時代を境として、それ以前の古い歌と、以後の万葉集の新しい歌との間には、著しい違いがあることは、前に述べた通りであるが、人麿の偉大さは、その古い、おそらく日本民族の歴史と共に古い歌の世界を受けついで集大成したと同時に、万葉集初期の人々によって始められた新しい歌の世界を、それに調和させて、それを一つの頂点にまで高めたところにあるというべきであろう。そういう点からいえば、人麿以後のほとんどすべての作者は、多かれ少かれ、人麿の歌風の影響を受けないわけにいかなかったといってもよいくらいである。それほど強い影響を、人麿は、後世に及ぼしているのである。

人麿と同時代で、おそらく人麿とよい競争相手であったかと思われる作者に、**高市黒人**《たけちのくろひと》がいる。歌を作ったがために、その名が伝えられたにすぎないのも、人麿と同様である。しかし、歌人としては、今日から見ると、あらゆる点で、人麿には遠く及ばないように思われる。

山部赤人《やまべのあかひと》　赤人は、大伴家持の『山柿《さんし》の門《もん》』や古全集の序文などで、人麿と並び称せられた昔から、人麿とともに万葉集を代表する作者のようにいわれている。そして通常、二人の違った歌風を、つまり人麿の主観的に対して赤人の客観的、人麿の動的に対して赤人の静的というふうに説明している。けれども、実際の作品を見ると、赤人は人麿と並べて考えるべきものでなく、人麿の歌風の下に立つもの、いわば人麿の模倣者というべきであろう。人麿の歌に見られない多少の変化はあるにしても、人麿と並ぶような新しい歌風を創造したのでも、もちろんない。また時代からいっても、赤人は、人麿よりも後の、だいたい万葉集の中ごろの作者である。もし、赤人と並べて考えるべき相手をさがせば、同時代という点からも、作品の価値の上からも、山上憶良、笠金村、高橋虫麿などになるであろう。そうすれば、憶良はとにかくとして、金村や虫麿などよりは立ちまさっているということになるのであろう。

山上憶良《やまのうえのおくら》　憶良の『類聚歌林』については前に述べた。憶良が世にあらわれるのは、大宝元年(七〇一年)四十二歳の時に、遣唐使少録となって、唐に渡ることになった時に始まる。帰国したのは、慶雲三年(七〇六年)四十五歳。その後、伯耆守《ほうきのかみ》(今の鳥取県の一部の長官)を経て、たぶん神亀《じんき》三年(七二六年)六十七歳のころ、筑前守(今の福岡県の長官)となった。憶良の作歌活動の始まるのは、唐に渡る頃からであるが、本格的になるのは、この筑前守赴任以後のことである。それには、時の大宰府の長官大伴旅人《おおとものたびと》を中心とする文学上の交友のあったことが、少なからず原因しているのであろう。たぶん天平四年ごろ、任期が終って上京したと思われるが、その後新しい官職につくこともなく、天平五年(七三三年)七十四歳で、重い病気に苦しむ歌を最後に、没したものらしい。

憶良は、おそらく、当時としては最高の知識人の一人であったであろう。外国文化の影響を強く受け、漢詩漢文をよくした。歌の上では、特に思想的な歌や日常生活の歌を作って、新しい境地を切り開いた。そういう点で、人麿にとって一つの頂点に達した万葉集の歌は、そこで行きづまることなく、憶良によって、さらに別の新しい道を見出すことになったといえよう。

大伴旅人《おおとものたびと》　旅人は、大納言大伴安麿《だいなごんおおとものやすまろ》の長男として生まれた。養老二年（七一八年）に中納言に任じ、神亀五年（七二八年）ごろ大宰府《だざいふ》の長官として九州に赴任した。天平二年（七三一年）大納言になって帰京したが、翌天平三年に没した。年は六十七と伝えられている。

旅人は、人麿、赤人、憶良等と違って、名門大伴家の代表者であり、官位も大納言、今の副総理大臣級という高級官僚であったし、作者としても、人麿以下の人々が、半ば専門歌人であったのに対して、全くしろうととして作歌したまでであった。しかも、人麿より後に出て、人麿のまねに終始しなかったという点では、憶良と共に、万葉集中でも異色の作者ということができる。彼は、外国文化の影響も受け、新しい感覚で、自分自身の生活を率直に歌ったのである。

大伴家持《おおとものやかもち》　家持は、万葉集の後期を、よかれあしかれ、代表する作者である。万葉集編集の最も有力な候補者の一人であることは、前に述べた通りであるが、万葉集の作者の中では、歌がとびぬけて多いばかりでなく、記事もある程度整っているので、一人の作者として歩んだ道の比較的よくたどられる唯一の作者といえよう。

父は旅人である。旅人の大宰府在任中は、まだ幼少であったが、周囲に、父を始め、叔母で妻の母にあたる大伴坂上郎女《おおとものさかのうえのいらつめ》や山上憶良のような人々がいて、非常に早くから、歌の世界を知り、歌の稽古を積んだらしい。天平五年（七三三年）の三日月を詠んだ歌は、年代のわかる彼の最初の歌で、十六、七歳のころのものであるが、少年の作とは見えないくらい、整った形をすでに示している。天平十年ごろを中に前後数年間は、何人かの女性と恋愛して、盛んに恋愛の歌を作っているが、それらの中では、わずかに天平十一年に妻を失った時の作や、紀郎女《きのいらつめ》との恋愛歌の中の数首が、いくらか目につく程度にすぎない。天平十八年（七四六年）越中守（今の富山県と石川県の能登半島の長官）となって任地に行き、天平勝宝《てんぴょうしょうほう》三年（七五一年）には、少納言となって、再び奈良に帰った。その間五年、事あるごとに作歌を続けているが、見るべき作はそう多くはない。ただ、天平二年春の夕方に作った歌などには、ようやく後年の特色が見えはじめている。帰京後もひきつづいて作歌に励み、天平勝宝五年（七五三年）の春には、彼の代表作と見られるものを作っている。このころが、作者としての頂上で、以後だんだん下り坂に向かう。

天平勝宝六年（七五四年）兵部少輔になり、翌七年、交替して新しく任につく防人たちの歌を集めた。その後、兵部大輔、右中弁と進み、天平宝字二年（七五八年）因幡守《いなばのかみ》（今の鳥取県の内の長官）に任命された。そうして、翌三年正月一日、国の役所で新年の宴会を催した時の歌を最後に、家持の作歌生活は断絶し、同時に万葉集も終ることになったのである。家持はその後、約三十年間、もっぱら政治家として生き続けるのであるが、結局は、当時の複雑な政治上の争いの中にまきこまれて、失意のうちに一生を終ったものらしい。

家持が早くから歌の世界を知り、また万葉集の最後の作者として、人麿はじめ、幾人かのすぐれた作者の歌を手本に持ったことは、あまり天分に恵まれない作者にとっては、必ずしも幸福なことではなかった。そのために、かえって、思うがままに自分自身の歌を作ることができずに、いたずらに多くの駄歌を生むようになったのは、むしろ不幸というべきであろう。ただ、彼が好きで、長い間稽古を怠らなかったので、中には、前にいうように、特色のある幾つかの歌を作ることにもなったのである。それらは、人間心理の細かい動きをとらえたものであり、家持より前には見られない、新しい一つの行き方を示している。

万葉集の何が現代につながるか

万葉集が今日まで伝えられてきたのは、単に偶然の幸せによるばかりでなく、相当古い時代から、尊重され、愛好されてきたためであろうと思われるが、実際にもその通りで、平安時代このかた、どの時代も、万葉集を重んずることばを書き残している。ただ、どういう意味で尊重し、愛好したかというと、必ずしも昔と今と一様ではない。

平安時代の古今集や鎌倉時代の新古今集の歌人たちは、一方では、万葉集を一つの古典として尊重しながら、実際には、万葉集とは大いに違う行き方の歌を作ったのであって、その尊重の仕方は、万葉集の本質には関係のないものであったばかりでなく、万葉集の歌を勝手に変えるような、誤まった受け入れ方さえもした。そういう中にあっては、鎌倉の将軍源実朝《みなもとのさねとも》の尊重の仕方は、実際にも、いわゆる万葉調の歌を作り、本質的なものであったけれども、それもごく狭い一部分のことであった。江戸時代になって、僧契沖《けいちゅう》をはじめ、賀茂真淵《かものまぶち》その他の学者が、万葉集のありのままの姿を正しく理解しようとして、骨を折ったのであるが、実際の作歌の上に万葉集を手本として仰いだのは、真淵ぐらいのものであった。江戸時代の終りごろの僧良寛《りょうかん》や平賀《ひらが》元義《もとよし》なども、万葉集を愛好して、作歌の手本にしたけれども、どれだけ万葉集の本質をつかんでいたかというと、やはり疑問が起るのである。

してみると、万葉集が正しく評価され、今日のように一般から親しまれるようになったのは、ごく最近のことといえる。それには、明治三十年後に起ってきた正岡子規《まさおかしき》の短歌が、万葉集を正しく見なおし、正しい受け入れ方をしたことがいわれている。それも事実であるが、今日万葉集の受け入れられているありさまを見ると、一部の学者や歌人や短歌愛好者に限られたものでは決してない。万葉集と今日のわれわれとの間には、学問上の興味や作歌の手本のためだけでない本質的な深いつながりが何かあるに違いないのである。いいかえると、万葉集に見える人々の生き方、生活のありさまが、今日のわれわれの生活に親しいもの、何かわれわれの生き方につながるものを持っているためであろうと思われる。

それならば万葉集は、日本民族のどういう生活のありさまをあらわしているのであろうか。外来文化の影響を受けない、日本民族の本来の姿をあらわしたものだという考え方は、古くから行われている。なるほど、日本民族固有のよい面は、もちろん見えるけれども、外来文化の影響を受けていないということは、前にいった、万葉集という書名をはじめ、その内容が全部漢字で書かれているという、ただその一つのことからもわかるように、事実にあわないようである。また反対に、外来文化の影響を受けた面を強調して、万葉集は中国の文化の物まねであり、ほんとうの日本民族の文化は、平安時代になって、はじめてあらわれるというふうに考えるものもいる。確かに一面からいえば、万葉集の時代の人々は、非常に熱心に、しかも性急に外国文化を受け入れたのであって、それが万葉集に反映していることは否定できない。しかしそれと同時に、例えば、日本の社会の独得な生活から生まれた民謡が、万葉集の過半数を占めていることからもわかるように、日本民族本来の、物の見方、感じ方が、失われずに根本にあったことも、否定するわけにいかない。

つまり、この二つの面は、どちらか一方だけというのではなく、両方とも万葉集にあらわれているのであって、そこに万葉集の本質があると考えるべきなのであろう。長い間、ほとんど自分たちのやり方だけで生活してきた日本民族が、急激に外国の進んだ文化を受け入れ、その刺戟によって、今までの生活を一段と豊かな、生き生きとしたものに高めようと熱心に努めた。そういう時代のありさまが万葉集にあらわされている。しかも、それが、このころはまだ、後世のように一定の形にとらわれた、物の感じ方、見方が発生していなかったので、のびのびと自由に、いわゆる「自然」のままに近い状態で、あらわされている。そういうのが万葉集の本質で、そこに今日のわれわれをひきつけるものがあるのであろう。

注釈書

万葉集は、日本の古典の中で、一番多く研究されたものの一つであろう。そして今日でもますます盛んに研究されている。その研究についても、色々の方面があり、それも、もうこれでよいということは、もちろん、ないのである。一首一首の歌を、どう読み、どう解釈するかという、いわゆる訓詁注釈の仕事、文学作品としての価値を見定めてゆく問題、日本民族の生活の歴史を明らかにする方面での研究、その他いろいろであろう。そうしてその研究がいろいろの方面で役立つことは、結構なことではあるが、ただ、万葉集が文学作品であること、従って、まず何よりも文学作品として正しく受け入れるのが根本であることが、忘れられてはならないであろう。そうでないと、まちがった理解の仕方から、勝手にとんでもない方面に利用される危険も、ないわけではないからである。

数多い研究書の中で、ごく手近な注釈書を上げれば、次のごとくであろう。

一 **万葉代匠記**《だいしようき》 釈契沖《けいちゅう》 著 江戸時代元禄のころの古いものであるが、くわしい、しかも科学的なやり方で行われた注釈書の元祖といってもよいものであるから、古いものを見るとすれば、代匠記までさかのぼらなければならないであろう。

一　**万葉集古義**　鹿持雅澄《かもちまさずみ》著　江戸時代の終りごろの注釈書で、それまでの研究を集大成した、最もくわしいものである。古いものでは、そういう意味で、便利に使うことができる。

現在の注釈書で全巻にわたるものには

一　**万葉集全釈**　鴻巣盛広著

一　**万葉集総釈**　諸家著

一　**万葉集全注釈**　武田祐吉著

一　**万葉集評釈**　窪田空穂著

一　**評釈万葉集**　佐佐木信綱著

一　**万葉集私注**　土屋文明著

等がある。これらによって見ていくのが、一番実際的でもあり、便利でもあろう。また、全巻をやさしい口語に訳して、読みやすいものに、『万葉集（日本国民文学全集　第二巻）土屋文明著』がある。

万葉名歌

ここに選んだ歌の出し方は、万葉集二十巻の順序によらずに、歌の古い新しいによって、古い歌から次第に新しい歌に移るように工夫してある。その順序は、だいたい私の『万葉集年表』によったものである。巻々の特色のようなものについては、必要に応じて、その巻の歌の見えたところで、一通り触れたつもりである。

選択の方法は、短歌だけを選び、長歌は引例以外はすべて省略した。旋頭歌についても言及していない。長歌は、記紀歌謡に多く見え、万葉集時代に一番発達したのであるが、それでも短歌に比べると、前にいったように数が少いだけでなく、面白さの上でも結局は見劣りがするのである。旋頭歌は長歌よりも一段と数も少く、すぐれたものも少い。また、今日のわれわれにとっても、長歌や旋頭歌よりも短歌の方が、ずっと親しみが深い。そういうわけで、まず短歌から万葉集に入るのが、実際的であると思うのである。

各の歌の終りに、巻数と番号をカッコに入れて示しておいた。この番号は『国歌大観』の番号で、現在万葉集について書かれた本には、たいがい使ってあるから、便宜に引き合わせることができる。

なお、本書のかなづかいは、歌以外の文章、作者名など、すべて「現代かなづかい」によったが、歌だけは「歴史的かなづかい（旧かなづかい）」を用いた。

古代・飛鳥時代

ありつつも君《きみ》をば待《ま》たむうちなびくわが黒髪《くろかみ》に霜《しも》の置《お》くまでに（巻二・八七）　**磐姫皇后《いわのひめのおほきさき》**

磐姫皇后が仁徳天皇を思われて作られた歌四首は、万葉集の中で、時代の分っている最古のものである。四首中には時代や作者について疑いのあるものもあるが、今はその点には触れないことにする。

これはその中の一首である。『ありつつも』は、このままおってという意味である。『黒髪に霜の置く』は「白髪の生える」というのと「実際戸外で夜ふかしをして霜の降る」というのと、二つの解釈があるが、やはり事実霜の降るまでと見るべきであろう。そのことは、この歌が少し変えられて、ある本の歌に、

居明《ゐあか》して君《きみ》をば待《ま》たむぬばたまのわが黒髪《くろかみ》に霜《しも》は降《ふ》るとも（巻二・八九）

となっているのによっても明らかであろう。

一首の意は、「このままおってあなたを待ちましょう。長くなびいている髪に夜の霜が置くまでも」というのである。

皇后の四首の相聞歌《そうもんか》は皆とりどりに感深いものであるが、この一首も、こまやかな情をのべるのにうちなびく黒髪をあげて、具体的の心象を浮び出させるとともに、『霜の置くまでに』というう字余りの結句を二句目の句絶のある後にすえ、しかも『までに』と助詞止めにしているところなど、どこまでも綿々たる訴えの声の止まない響がこもっている。一体、テニヲハは皆感動の響を持っているのであるが、この『までに』とくに『に』のごときは、強い感情表出の役目を十分に果しているのである。

＊

家《いへ》にあらば妹《いも》が手《て》まかむ草枕旅《くさまくらたび》に臥《こや》せるこの旅人《たびと》あはれ（巻三・四一五）　**聖徳太子《しようとくたいし》**

聖徳太子の歌は、日本書紀にも上宮聖徳法王帝説にも見えるのであるが、この歌は日本書紀に見える長歌と題材は同じもののようである。龍田山のふもとに死人を見て悲しんで詠まれたのである。後にはその死人についていろいろ宗教的な物語さえ生じた。しかし死人を見て、それを慰めるために作られた歌は、人麿はじめ数人のものが万葉集に残っているから、この時代の一つのやり方なのであろう。

一首の意は、「家におったならば、妻の手を枕とするであろう。旅に出て死んで伏しているこの旅人はあわれである」というのである。『草枕』は枕詞である。

四句まで、ありのままを述べて来て、結句に初めて『この旅人あはれ』と置いている。大体が大まかな古雅な調子であるが、四句まで堂々と力強くおしている句法は、広く大きい作者の感情をそのままあらわしているように思われる。

＊

中皇命《なかちすめらみこと》

たまきはる宇智《うち》の大野《おほぬ》に馬並《うまな》めて朝踏《あさふ》ますらむその草深野《くさふかぬ》（巻一・四）

前の二首は万葉集前期の歌ともいうべきで、その時代を代表する作も余り多くない。この中皇命の歌以後になると、真の意味において、万葉集の歌の時代が始まるのである。

中皇命はいかなる人であるか、定説はないのであるが、舒明天皇の皇女で、孝徳天皇の皇后となった間人皇后《はしひとのおおきさき》であろう。舒明天皇の皇后すなわち後の斉明天皇を申すのであろうというのも一説である。この歌は、舒明天皇が大和の宇智郡の原野に狩に行かれた時に、皇后の方から間人老《はしひとのおゆ》というものを使として贈られた歌である。あるいは歌も間人老が作ったのであろうという説もある。

一首の意はきわめて簡単で「宇智の大野に馬を並べて、朝の猟をなされるでありましょう。その草の丈高く茂った宇智の大黒に」と遥かに情景を思いやって、思いを述べたのである。『たまきはる』は枕詞であり、『朝踏ます』は朝の猟をすることをいうのである。

この一首を見ると、調子が太く張っていて、内容は単純であるけれども、その単純のうちから感情のみなぎりあふれているところがある。しかも、その感情は作者の直接経験するありのままの情であって、歌はその直接の表出である。歌と作者とにすき間がない。これは記紀の古い歌謡などと非常に違うところで、万葉集の歌が、こういうところから出発していることは、万葉集が現代人の感情生活にも、そのまま訴える要素を持っているゆえんではなかろうかと思う。この歌は短歌としては、万葉集の巻一の最初に出てくる歌であるが、同時に万葉集の短歌の源とも考え得られるのである。

＊

夕《ゆふ》されば小倉《をぐら》の山《やま》に鳴《な》く鹿《しか》は今夜《こよひ》は鳴《な》かず寝《い》ねにけらしも（巻八・一五一一）　**舒明天皇《じよめい》**

雄略天皇の御製とも伝えられるものに、

夕《ゆふ》されば小倉《をぐら》の山《やま》に臥《ふ》す鹿《しか》の今夜《こよひ》は鳴《な》かず寝《い》ねにけらしも（巻九・一六六四）　**雄略天皇《ゆうりやく》**

があるが、同一の歌が二様に伝えられたので、別の歌ではないことが知られる。作者の伝え方はいずれが正しいかということになれば、困難な問題であるが、一首の意は明らかである。「夕方になれば、宵々ごとに小倉の山に鳴く鹿は今夜は鳴かない。寝たのであろう」というのである。雄略天皇の御製の方では、『鳴く鹿は鳴かず』というくり返しを避けて、『臥す鹿の鳴かず』となっているが、そういう細かい所へ神経を働かして理に合わせるのは、かえって後世の改変ではないかと思われる。その点から、原形は、この舒明天皇御製の方ではないかと思われる。歌を味う方からも、それがむしろ大まかで深いものがあるように思われる。小倉山は今の京都の小倉山ではなく、当時の皇居に近い山であったのであろう。

この一首を見ると、自然に対する心持が、実にこまやかに細かい所まで至っておって、作者は声を収めてひそまりかえった小倉山の鹿のことを歌っているのであるが、そこにはおのずからに作者自身の感情の流れが表出されているのである。悲しいとか、寂しいとか、なつかしいとかいうような、概念化された感情でなしに、自然と向きあっている作者の感情そのままのものが浮び出しているのである。こういうことは、作者に意図があってはかえって表現し難いものであって、芸術的表現少くとも抒情詩としての短歌の表現法としては、前もって計画しての技巧というようなものは、非常に程度が低いのである。おのずからに真によっているということだけが、最後の表現法であり、技巧なのである。この歌は余りに感情がこまやかに行き届いているので、むしろ女性の作、すなわち後岡本《のちのおかもと》天皇と申された斉明天皇の御製ではあるまいかとも考えられる。

＊

秋《あき》の野《の》のみ草刈《くさか》りふき宿《やど》れりし宇治《うぢ》の都《みやこ》の仮庵《かりほ》し思《おも》ほゆ（巻一・七）　**額田王《ぬかたのおほきみ》**

額田王は万葉集の初期にあっては、注目すべき作者であり、その歌はすでに多くの人から愛好されている。王は王女で、後に見える鏡王女《かがみのおおきみ》と姉妹の間がらと見える。この歌は行幸などに従って行った時の歌であろうと思う。一首の意は「秋の野の草を刈って、旅宿りをした宇治の都の仮庵が思われる」というのである。宇治は宇治稚郎子《うじのわきいらつこ》の皇子の宮のあった処であるから都といったのか、あるいはその時行宮を置かれたので直ちにそれを都といったのかいずれにも取れる。

この一首は額田王の歌の中では素直で、淡々としておって、可憐の情を起すほどである。正しい歌に入るには、この歌などからするのは、最も安全で容易な道であろう。

＊

わが欲《ほ》りし野島《ぬじま》は見《み》せつ底《そこ》ふかき阿胡根《あこね》の浦《うら》の玉《たま》ぞ拾《ひり》はぬ（巻一・一二）　**中皇命《なかちすめらみこと》**

中皇命は、前に宇智の大野の歌のあった方であろう。紀伊の温泉（今の湯崎）に行かれた時の歌であるから、斉明天皇の四年十月、紀伊の湯崎の湯に行幸の時の作であり、母帝に同行されたと考えられる。

一首の意は、「私の見たいと思っていた野島の面白い景色は見た。欲しいと思っていた深い阿胡根の浦の玉（真珠）はまだ拾わない」というのである。『見せつ』は、人が自分に見せたとも自分が人に見せたとも解されているが、ここの『見せつ』は、「見つ」すなわち見たと同じ意であろうと思われる。野島、阿胡根の浦は途中の地名であろうが、今は明らかでない。但し野島や阿胡根の浦の地理的詮議は略しても、この歌を味うには大してさしつかえない。ある本に初句二句を『我が欲りし子島は見しを』というのは、地名も異っているが、それよりも前述の『見せつ』といういい方が幾分不明瞭に響くようになった時代に改変された句ではないかと思われる。この別伝の方が、意味は明瞭であるけれども、歌詞の上では、本文の歌の単一な力強さに及ばないように思われる。そうして『見せつ』を前述のように解すれば、この直叙の法はいっそう力強くわれわれに迫るものがある。余り直線的で、味いの欠けているように思うのは、後代のいわゆる歌らしい歌にのみ慣らされたがためではあるまいか。

＊

岩代《いはしろ》の浜松《はままつ》が枝《え》を引《ひ》き結《むす》び真幸《まさき》くあらばまたかへり見《み》む（巻二・一四一）　**有間皇子《ありまのみこ》**

家《いへ》にあれば笥《け》に盛《も》る飯《いひ》を草枕旅《くさまくらたび》にしあれば椎《しひ》の葉《は》に盛《も》る（巻二・一四二）　**有間皇子**

同じ斉明天皇の四年に、孝徳天皇の皇子有間皇子が謀叛《むほん》をくわだてたという疑いのために、行在所の湯崎の湯に送られる途中、紀伊の岩代で作られたものである。「岩代の浜に生えている松の枝を結んで、わが身の幸を願うのであるが、もし幸に命を全うすることができたならば、この結松を再び帰って来て見よう」、「家に居れば食器に盛る飯をば、こうして旅に居るから椎の葉に盛るよ」という意である。『草枕』は枕詞である。

この時、皇子は皇太子の中大兄《なかのおおえ》御自身の裁きを受けて、日ならずして同じ紀伊の藤白の坂で絞首の刑にあわれるのであるが、その大事に臨む前に、この二首の歌を詠まれているのである。『真幸くあらばまたかへり見む』という句は、すでに喜びや悲しみを越えておられる皇子を思わせるような句である。しかもその事がかえってこの歌に接するものに、千年の後まで涙を覚えしめずにはおかない。これが実に万葉の歌の抒情詩としての最高のものであるといわれるゆえんである。『旅にしあれば椎の葉に盛る』でも同じことである。われわれは大和の都から、おそらくは昼夜兼行で急いだであろう皇子とその護衛とを目に浮べる。その前に椎の折枝の上に盛られた飯の置かれたのを思い浮べる。しかもそこには生死を境する人の世の一場面が展開されている。主人公はことばもなく、ただ眼前の光景を見つめている。感傷をこえた感傷がこの平淡に見える一首の中に響いているではないか。皇子はこの時十九であったと伝えられている。

＊

熟田津《にぎたづ》に船乗《ふなの》りせむと月待《つきま》てば潮《しほ》もかなひぬ今《いま》はこぎ出《い》でな（巻一・八）　**額田王**

斉明天皇の七年、伊予の国に行幸した時の歌である。『熟田津』は伊予の石湯《いわゆ》、すなわち今の道後温泉に近い港であるが、現在の三津浜であろうとも、松山市和気町附近であろうともいわれている。『船乗りせむと』は船に乗り、さらに他に出航しようとする意とも考えられるが、ここは折からの月夜に海に船を浮べて遊ぶ行事をさしているのであろう。

一首は「熟田津において船乗りをしようとして月の出を待っていると、潮も満ちて船出に都合よくなった。さあこぎ出ましょう」というのであろう。

この一首は全体が均整がとれていて、形式からいえば円熟しきったものということができよう。『月待てば潮もかなひぬ』は、月と潮とが相関するものであるから、写実によって自然に達し得た句であろうが、いい得て申分のない巧みな句法となっている。ただ前にもいうように、すでに円熟して頂点に達しているのであるから、この句法からさらに新しい句法が発展させられるという様な点は少い。万葉の歌といえば古い時代のただ素樸《そぼく》な歌というように考えられるものもあるかもしれないが、この歌などで見ると、短歌の形式で到達し得べき点までは到達しつくしているように思われる。

*

香久山《かぐやま》と耳成山《みみなしやま》と会《あ》ひし時立《ときた》ちて見《み》に来《こ》し印南国原《いなみくにはら》（巻一・一四）　**中大兄《なかちおひね》**

天智天皇が、まだ斉明天皇の皇太子として中大兄と申した当時の歌である。この歌は、三山の相争ったということを述べた長歌の反歌としてあるのである。それから、『立ちて見に来し』という句の主語が全く省略されているので、今から見れば無理の句法のように思われる点があるのであるが、播磨《はりま》の風土記によって、見に来たのは出雲の阿菩《あぼ》大神であることが分るので、一首は「香久山と耳成山と相合戦したときに、阿菩大神が出雲の国を立ち出でて見に来たという、ここがその印南国原かな」という意にとれるのである。おそらく、当時にあってはこの歌の句法は万人共通の理解法、すなわち当時の言語の常識に訴えて無理のないものであったのであろう。あるいはまた思うに、この時代の人々は時には他人の理解などということは眼中におかないで、自分の思うままに歌い上げたと思われぬことはない。

この歌も一見素気ないような直線的の表白法であって、くどくどと言葉を費やさなければ感情を表わすことのできないように思っているものからは、味いのないものとしてとられそうであるが、実は一首の声調の中に、言葉によって表わすことのできない感動がおのずから響いている。万葉集中にはこういう一種の威厳と荘厳とを具えたような感情表出法が存するのである。もっとも、これらの歌になると幾分万葉集に親しんで、詩情の洗練を経たものでないと、その味いの感じられないような傾きはあるであろう。印南国原は、播磨国印南郡あたりの平野をいうのである。

＊

渡津海《わたつみ》の豊旗雲《とよはたぐも》に入《い》り日《ひ》さし今夜《こよひ》の月夜《つくよ》あきらけくこそ（巻一・一五）　**中大兄**

前の歌と同じく、三山の歌の反歌として伝えられているが、三山のことには関係がない。おそらく三山の歌と同時に、播磨印南の海岸地方で詠まれた歌であろう。あるいは、そういうものをも反歌と考えるのが、当時の反歌の中にあったのかもしれない。播磨のあの辺は、気象上とくに雲の景色の美しいところであると今もいわれているが、この歌なども写実の極、巧まずして直ちにその地の特徴をとらえ得たものであろう。『旗雲』は旗のようにたな引いている雲で、『豊《とよ》』は美称として冠らしたのであろうが、この時代の造語法の一端がうかがえるような面白いことばである。「海の上の美しい豊かな旗雲に入日がさしている。今夜の月は明かに照ることであろう」という意である。

あるいは「明かに照れよ」と願望に見る見方もある。それにしても三句までは眼前の実景と見ねばならぬ。

この歌も前の熟田津の歌と似て、完備した句法の歌である。万葉集を読む者がまず第一にこれらの歌に心をひかれるのは、これらの歌には近代人の自然観と似かよった点が多いのによるのであろう。しかも万葉集に入る道としては、それは当然の道であると思う。

*

あかねさす紫野《むらさきぬ》行《ゆ》き標野《しめぬ》行《ゆ》き野守《ぬもり》は見《み》ずや君《きみ》が袖振《そでふ》る（巻一・二〇）　**額田王**

天智天皇の七年五月、近江の蒲生野《がもうの》に猟に行かれた時、額田王が皇太子である大海人皇子《おおあまのみこ》に贈った歌である。『あかねさす』は枕詞であるが、あかね色がかかっているという、実際の意味のなおとれる種類のものである。『紫野』は地名ではなく、紫草の生えている野をいうのであろう。紫草は小さな白い花のさく野草であるが、根を染料に用いた。栽培した事実もあるので、この紫野も栽培地であろうという説もある。しかし、蒲生野がはたして紫草の栽培地であったかどうかは、明らかでなく、またその花もそれほど目に立つものでないので、単に紫色の花の咲き乱れている野とも考えられる。『標野』は特別に標識をして、特別の用途のために保たれている野という意味で、ここは宮廷用の猟場を指すのであろう。ただし五月の猟は鳥獣を狩るのでなく、鹿の落角を拾い、薬を採るので、この蒲生で野猟をされた時は、皇族方をはじめ全宮廷の群臣が皆随行したくらいであって、だいたいが花やかな行事を念頭においていいのである。『野守』はその標野を番する守衛である。『袖振る』は上代人の感情表出の動作の一つで、集中にもしばしば歌われている。一首の意は「紫草野を行きながら、標野を行きながら、野守は見はしないでしょうか、あなたが袖を振りますよ」というのである。紫野はすなわち標野であるが、繰り返しつつ呼びかえたのである。

額田王はこのころ天智天皇に仕えておられたのであるが、大海人皇子《おおあまのみこ》とはそれ以前に十市皇女《とおちのひめみこ》を生まれた間柄である。で、この時も猟の花やかな行楽のうちにあって、大海人皇子が額田王に対してしきりに袖を振られたのであろう。『野守は見ずや』と心配らしくいっているが、しかし内心はそれを非常に嫌うとか恐れるとかしているのでないことは、全体の調べのうえに十分汲みとることができる。気にしながらもむしろ甘えているように見えるのである。野守は暗に天智天皇その他の人々を指しているのであろうという考えもあるが、実際の標野の番をしているものを指すのであろう。

＊

紫草《むらさき》のにほへる妹《いも》を憎《にく》くあらば人妻《ひとづま》ゆゑにわれ恋《こ》ひめやも（巻一・二一）　**大海人皇子《おおあまのみこ》**

前の歌に大海人皇子の答えられた歌である。『紫草の』は「濃《こ》」とか「名」とかに枕詞として冠した例もある言葉ではあるが、ここのは贈歌に『紫野行き』とあるから、直ちにそれをとって『にほへる』に枕詞として用いたのである。もちろん、この場合は、「紫草の美しいように美しい」という普通の修飾語と見てよい。一首は「紫草の如く美しいあなたを憎くあるならば、人妻であるあなたのために私が恋などしましょうや」と反語をもって強く言ったのである。

額田王の歌は、皇子の袖振るのに言よせて呼びかけつつ甘えているような調子であるが、それに対して皇子のは、率直にその甘える心持を受け入れながら、しかもある決意と落着とを見せているので、複雑な人間相互間の感情を単純化しつつ力強くのべているところ、実に得難き作であると思う。大海人皇子は後の天武天皇であるから、その広大な気宇の一端は一首の上にも満ち満ちているのであろう。

＊

君待《きみま》つとわが恋《こ》ひをればわが宿《やど》の簾《すだれ》うごかし秋《あき》の風《かぜ》吹《ふ》く（巻四・四八八）　**額田王**

同じく額田王の作で、天智天皇を思い申しての歌である。紫野の歌からこの歌にくるとすっかり世界が変ってしまう。落着いた冷静な心が一首に行きわたっている。これらの歌になると前述の如き額田王、天智天皇、天武天皇、御三方間の歴史的事実を知らない者でも、歌の調子からはっきりとその時々の人々の心持を捉えることができよう。一首の意は明かであるが、作者の心は静かになっていても弱くなっているのではない。透徹した心は「簾動かす秋の風」というものに即して深いところで動いている。いくぶん理知的な気持には、近代人に共通の要素をさえ見出すことができよう。額田王はこの時代の作者としては、目立って多方面な作者だといい得る。

＊

妹《いも》が家《いへ》も継《つ》ぎて見《み》ましを大和《やまと》なる大島《おほしま》の嶺《ね》に家《いへ》もあらましを（巻二・九一）　**天智天皇**

天皇が鏡王女《かがみのおおきみ》に賜わった御歌である。一首の意は「あなたの家をも常に続けて見たいものである。大和の大島の嶺にその家があってくれればよい」というのである。思うに天皇は、大島の嶺を越えては鏡王女に通われたので、せめて家がこの山にあってくれれば、山を越える苦しみもなく、しばしば見ることができるのにと嘆声をもらされたのであろう。もっとも家を天皇御自らの家と解し、ここに家がありここから通うならという風にもとれぬこともない。あるいはまた「家もあらなくに」などの句のある所から考えれば、この大島の嶺の人家のない寂しさを感じて歌っておられるのかとも思われぬことはない。天智天皇の御製は前にも二首挙げたのであるが、この歌になると、穏かな心遣いがあって、どことなしに、初老の人の婦人に対するこまやかな行き届いた感情というようなものを思わずにはおられない。人情の自然の推移というものがさながらに歌い上げられている。

*

秋山《あきやま》の木《こ》の下《した》がくり行《ゆ》く水《みづ》のわれこそ益《ま》さめみ思《おもひ》よりは（巻二・九二）　**鏡王女《かがみのおほきみ》**

鏡王女の答え申した歌である。『秋山の木の下がくり行く水』は『益さめ』というための、いわゆる序歌である。秋の山の山水が木の下をくぐりつつ行く間に次第次第に水量を増すようにという修飾句なのである。『大島の嶺』にと御製にあるから、おそらくこの序もその辺の実景から得てきたものであろう。一首の意は「秋の山の木の下を潜って行く水の次第次第に水かさを益すように、私の恋の方が益すでありましょう。あなたの恋よりは」というのである。『われこそ益さめみ思よりは』という辺りは、意味からいっても、句調からいっても、御製の覆い包むような気持に対して、頼り甘えている気持がはっきりと汲みとり得られるように思う。ここにも額田王対大海人皇子の場合などとは非常に異った、しかも真情に訴える点では相通じている、もう一つの男女の感情の交渉の様を、短歌というこの短い詩形によって見てとることができよう。

＊

神奈備《かむなび》の岩瀬《いはせ》の森《もり》の呼子鳥《よぶこどり》いたくな鳴《な》きそ我《あ》が恋益《こひま》さる（巻八・一四一九）　**鏡王女**

自然を詠じてそれに恋愛感情を託するやり方は、奈良の都の時代になると非常に多いので、大《おお》伴坂上郎女《とものさかのうえのいらつめ》とか、または家持と相聞している多数の女性の作とかには、幾らも目につくのである。この歌などは、そのさきがけをなしていると見ることができる。『神奈備の岩瀬』は地名である。神奈備は神を祭るところであるから諸所にあるが、この岩瀬の森のあるのは、明日香の神奈備であろう。「神奈備にある岩瀬の森の呼子鳥よ、あまり鳴くなよ、その鳴く音によってわが恋が益さるよ」というのである。呼子鳥は人を呼ぶように聞える鳥で、今の動物学でいう一種類だけの鳥を指すのではあるまい。カツコウも山鳩もあるいはその外のものを含まれているものと見ておいてよい。やはりこういう行き方の先駆をなすだけあって、簡素な中に滞らない感情があって、捨て難い一首である。

＊

我《われ》はもや安見児得《やすみこえ》たり皆人《みなひと》の得《え》がてにすとふ安見児得《やすみこえ》たり（巻二・九五）　**藤原鎌足《ふじわらのかまたり》**

鎌足が采女《うぬめ》の安見児という者を妻にした時の歌である。「自分は安見児を妻とすることができた。世の多くの人が妻にすることができないという安見児を妻とすることができた」というのである。『もや』は強い感動を表しているのである。この一首によって、鎌足が喜び心を躍らしているところはよく表されている。素樸な感動を、素樸な形式によって表し得た所には少しの計らいもなく、万葉集の特色の一面を代表していること、すでに多くの評者によって言いつくされている。二句で切って、二句と結句との脚韻を保たせている句法は、前の天智天皇の大島の嶺の御製にも見える通りである。しかしそういう形式的の技法は、万葉集を通して見て行くと、決して詩学の考え方などのように意識的に発展せしめられたものではない。こういう句法はむしろ記紀あたりの歌謡の自然に到達したものの遺風として存するように思われる。つまり万葉集中における一つの古体なのである。新しいものが常に必ず古いものよりまさっていないように、古いものが必ずしも新しいものにまさってはいないのである。古い形式というだけで、この歌をとりあげることはできない。万葉集の特色の一つは、その歌風に変化があり、多方面で、究極するところを知らない点にある。したがって、一首をもって万葉集を代表せしめるような作品はないのである。鎌足のこの一首は古体ではあるけれども、優れた作たることは異存あるまい。けれども、この一首で万葉集の作風のすべてを代表するものでないことは、もちろんである。鎌足の歌は、集中二首存するだけであるから、それだけから鎌足の作者としての力量等を推定することは無理であるけれども、少くとも同時代の天智・天武二帝や斉明天皇・額田王・鏡王女等より以上の作者ということはできまい。この一首も、期せずして得た功まざる成功であろう。

＊

天《あま》の原《はら》ふりさけ見《み》れば大君《おほきみ》のみ命《いのち》は長《なが》く天足《あまた》らしたり（巻二・一四七）　**倭《やまとひめの》姫《おほきさき》皇后**

天智天皇が御病気の時、皇后の倭姫が献上された歌である。『天の原ふりさけ見れば』は「遠く天を望んで仰ぐと」というのである。「天皇の御病気に際して、憂ひ悲しみつつ天の一方を仰ぎ見るに、この極りない天の下を知ろしめす大君のみ命は長久に天に満ち足りておられます」という意味であろう。一種の神秘的の感じがこもっているが、もちろんそれは『天の原ふりさけ見れば』という実感と相応ずるものであろう。ことに『み命は長く天足らしたり』というのは、奥深くしかも強い響を持っている句である。

＊

青旗《あをはた》の木幡《こはた》の上《うへ》を通《かよ》ふとは目《め》には見《み》れども直《ただ》に会《あ》はぬかも（巻二・一四八）　**倭姫皇后**

ついに天皇は崩御されたので、悲しみの余り皇后の詠まれたのが、この一首である。『青旗の』は『木幡』の枕詞である。木幡は天智天皇の山科《やましな》の御陵に近い、今もその名の続いている処である。一首の意は、「木幡の山の上をわが大君は天駆りつついます姿が目にはありありと見えるけれども、それ以上直接に合わぬことかな」というのであろう。『直に会ふ』は「じきじきに」「直接に」というのであるが、今のことばで写すならば「肌のふれ合うほどに会う」というぐらいの気持でないと理解が行くまい。

皇后は、このほかにも長短二首の挽歌を残されているが、共にこまやかな情のつきる所なく、悲しみの心を今に新にしているのである。

柿本人麿の死んだ時、妻の依羅娘子《よさみのいらつめ》の悲しみの歌に、

直《ただ》の会《あひ》は会《あ》ひもかねてむ石川《いしかは》に雲立《くもた》ち渡《わた》れ見《み》つつ偲《しの》ばむ（巻二・二二五）　**依羅娘子《よさみのいらつめ》**

があるが、この歌に並べると遥かに弱いように思われる。

飛鳥・藤原時代

大君《おおきみ》は神《かみ》にしませば赤駒《あかこま》のはらばふ田井《たい》を都《みやこ》となしつ（巻十九・四二六〇）　**大伴御行《おおとものみゆき》**

壬申《じんしん》の乱が平定して天武天皇の御代となった時、御行の作った歌である。大伴氏は壬申の乱の始る時に、時代的に不遇の立場にあったらしいが、天武天皇の御位に即かるべきを知って、名をあげ、艱難《かんなん》を平げるのはこの時と、一族相共に吉野方に参ったということが伝えられている。それはとにかく、この歌では乱の平定を喜び安心している様が見えるように思われる。『大君は神にしませば』は、後にもしばしば用いられる句である。この時代の人々に共通の考え方を表わしているのであろう。一首は「天皇は現人神でましますから、その御稜威《ごりょうい》をもって赤駒のはいめぐる如き田居の中をも都となされた」というのである。『赤駒のはらばふ田井』は実景の如く見えるが、余程概念化されている。同じ歌と思われるのが、

大君《おほきみ》は神《かみ》にしませば水鳥《みづとり》のすだく水沼《みぬま》を都《みやこ》となしつ（巻十九・四二六一）　**作者未詳**

と改変されて同時に伝えられているが、この『水鳥のすだく水沼』というのも概念化が加えられていることは前の歌と同じである。しかしながら、この程度の概念化では別に嫌味をも感じさせないで素樸な一風体ということができるであろう。

＊

河上《かはかみ》の五百《ゆ》箇《つ》岩群《いはむら》に草《くさ》むさず常《つね》にもがもな常処女《とこをとめ》にて（巻一・二二）　**吹黄刀自《ふきのとじ》**

天武天皇の四年に十市皇女《とおちのひめみこ》が伊勢の神宮に赴かれた時に、波多《はた》の横山の巌というものを見て、吹黄刀自の作った歌である。吹黄刀自はおそらく皇女に随行の人であろうと思われる。他にも作歌のある人である。

『河上の』は「川のほとり」の意である。この句は「河の上《へ》の」とも訓まれている。それでもよいであろう。意味も同じである。『五百箇岩群』は沢山の巌の群っている石原である。『草むさず』までは『常』というための序歌である。一首の意は、「河のほとりに沢山の巌の重なり合っている石原に草の永久に生えないが如くに、永久に変らぬ処女でありたいものです」というのである。これはおそらく十市皇女の長久を、横山の巌を見るにつけて、その巌にたとえて願ったものであろう。一首さらさらと素直に、しかも美しい処女の長久を祈る気持がとおっていて快い調べである。ついでながら、十市皇女は前に述べたように、大海人皇子《おおあまのみこ》と額田王との間に生れた皇女で、大友皇子の妃となられ、その弘文天皇崩御の後、天武天皇の宮にあり、後に宮中において急死された方である。この伊勢参宮の時には阿閉皇女《あべのひめみこ》（後の元明天皇）と一緒であったことが記されている。

*

うつせみの命《いのち》を惜《を》しみ波《なみ》にぬれいらごの島《しま》の玉藻《たまも》刈《か》り食《を》す（巻一・二四）　**麻続王《おふのおほきみ》**

麻続王が伊勢の伊良湖の島に流された時に、人がそれを哀れんで、

打麻《うつそ》を麻続王《をふのおほきみ》海人《あま》なれや伊良湖《いらご》が島《しま》の玉藻《たまも》刈《か》ります（巻一・二三）

と詠んだのを聞いて、王が悲しんで答えられた歌である。伊良湖島は今の三河の伊良湖崎をいうのであるが、伊勢に近いので、伊勢の伊良湖と呼びならわしていたものと見える。また、王の流された所については日本書紀とこの万葉集の記事と違うので、議論が存するのであるが、それはこの歌を味う上には別に関係がない。

王を哀れむ歌の方からいえば、『打麻を』は麻続《おみ》の枕詞である。「麻続王は海人でもあるのであろうか、伊良湖の島の海草を刈りなさるよ」というのに対して「この世に生きている命が惜しいので、波にぬれて伊良湖の島の海草を刈って食うのである」と王は答えられたのである。玉藻

は美称であるが、一般に海草をさすのであろう。『うつせみ』は現身の意味である。王の歌は既に挙げた多くの歌と同じく、あからさまに悲嘆をことばに出しておらないが、おのずからにして響く声が、あわれさやる方なく覚えられるのである。

＊

よき人《ひと》のよしとよく見《み》てよしと言《い》ひし吉野《よしぬ》よく見《み》よよき人《ひと》よ君《きみ》（巻一・二七）　**天武天皇**

天武天皇の吉野行幸の時の御製である。天皇の八年五月の行幸であろうといわれている。『よき人』は「立派な人」というぐらいの意味であろう。「よき人がよしとしてよくよく見て、よしと云った吉野をよく見なさい。よき人である君よ」というのであろう。なおこの歌には幾つかの訓み方があり、したがって幾つかの解釈が存する。とにかく作者たる天皇は、『よし』『よく』『よき』という語を幾度かくりかえす音調上の快感を予期されておったのであろう。一首の興味の中心もまたそこに存するわけである。けれども、これは鎌足の安見児の歌の時にいったように、天皇によって発展させられた技巧ではなく、むしろうけつがれた古体である。天皇もおそらく即興の意を多く含めてお供の左右を顧みて呼びかけられたのででもあろうかと思われる。もちろん、その即興の中にも豊かにのびのびとした御気宇が十分うかがわれる。そうして前の額田王に答えた御作の力のこもったのとは別な意味で、天皇の作歌の力量を知ることができるように思う。

＊

わが里《さと》に大雪《おほゆき》降《ふ》れり大原《おほはら》の古《ふ》りにし里《さと》に降《ふ》らまくは後《のち》（巻二・一〇三）　**天武天皇**

同じく天武天皇が藤原夫人に賜った御歌である。「わが里には大雪が降った。夫人の住まれる大原の古く寂びれた里に降るのはまだまだ後であろう」と戯れ興ぜられているのである。ここにもまた、天皇のご性格の一面がありのままに動いているのである。根本においてはもちろん同一であるが、この一首を『紫のにほへる妹』の御歌に比べてみると興味深いであろう。天智天皇の『大島の嶺』の御歌に通うところがあり、しかも、それよりも朗かに軽妙に一首がなされている。天智・天武二帝は舒明天皇と斉明天皇の間に生れられた同母のご兄弟でいらっしゃるから当然のことではあるが、性格の大きく、多方面にわたられていることまでが似ておられるように思われる。これに答え申した夫人の歌、

わが丘《をか》のお神《かみ》に言《い》ひて降《ふ》らしめし雪《ゆき》のくだけしそこに散りけむ（巻二・一〇四）　**藤原《ふじわら》夫人**

は「私の丘のお神（雨雪を司る神）にいいつけて降らせた雪のくだけたものがわずかばかりそちらに散ったのでありましょう」という意で、機智の鋭さと天皇に対する親しみの情を兼ね備えた歌であるが、比較することになると、御製の方が遥かにたちまさっていると思わる。

＊

二人《ふたり》行《ゆ》けど行《ゆ》き過《す》ぎがたき秋山《あきやま》をいかにか君《きみ》がひとり越《こ》えなむ（巻二・一〇六）　**大来皇女《おおくのひめみこ》**

大津皇子が同母の姉君である大来皇女を伊勢の斎宮に訪ねて行かれて、上京するとき別れを惜しんで大来皇女が詠まれたのである。『行き過ぎがたき』は、秋の山の景色が感慨深いために通りすぎることができないという意であろう。一首は、「二人共々に行きましても深い感動を催させる秋山はなかなか行き過ぎかねるのを、どんな風にしてあなたは一人で越えて行かれるでありましょう」となる。大津皇子は後に謀叛の意があったというので、死を賜わったのであるから、この歌においても姉君である大来皇女は、大津皇子の大事を企てている心中を知って、悲しい秋山を大事をいだいた君が、いかにして越えるであろうと詠まれたのであるとも取れないことはない。大津皇子が姉君に会われたのも、この大事の前の暇乞いのつもりであると見ている人もある。しかしそこまでは考えなくもよいように思われる。あるいは暗々の中に皇子の心中を察していたかもしれないが、歌の表面ではどこまでも秋山の面白きにつけて別れを惜しんでいるのである。しかしながら、『如何にか君がひとり越えなむ』というところには、一種哀愁の響があるが、それは大事を企てる云々ということよりも、親しいものが飽かず別れて、ひとり都から遠い伊勢に留ろうとする感情がおのずから響いているのだととればよいのだと思う。この時の皇女のもう一首は、

わが背子《せこ》を大和《やまと》へやるとさ夜《よ》ふけて暁露《あかときつゆ》にわが立《た》ちぬれし　（巻二・一〇五）　大来皇女

である。

＊

百伝《ももつた》ふ磐余《いはれ》の池《いけ》に鳴《な》く鴨《かも》を今日《けふ》のみ見《み》てや雲隠《くもがく》りなむ　（巻三・四一六）　大津皇子《おおつのみこ》

朱鳥《しゆちよう》元年、前に記したように、大津皇子は謀叛の企てありというので捕えられて、十月三日死を賜わった。その時の御作である。『百伝ふ』は『磐余《いはれ》』の枕詞である。一首は、「磐余の池に鳴いている鴨をば今日限りみて天かけり雲に隠れ死んでいくことであろう」というのである。「磐余の池」の跡は大和十市郡、今の磯城郡桜井町の西南香久村の池尻あたりであろうといわれる。

大津皇子のこの立場は、前の有間皇子と似通った所があるのであるが、有間皇子が『真幸くあらばまたかへり見む』と歌われたのと、ここに『今日のみ見てや雲隠りなむ』と歌われているのは、調子の上にも共通な点があるように思われる。死に面しているのであるが、悲嘆に暮れるというよりも、むしろ一種の信念と、誇りとを捨てぬ雄々しさというものを見のがすことはできまい。地位高き人となられた方の、おのずからの威厳とでもいうべきものが共通に存しているようである。

大津皇子は、才学があって、容貌いかめしい方であったので、この悲劇的最後はいっそう悲しみをそるのであるが、この時五言一絶を残したのが懐風藻に伝えられている。「金烏臨《ミ》二西舎《ニ》一。鼓声催《ス》二短命《ヲ》一。泉路無二賓主一。此夕離《レテ》レ家《ヲ》向《フ》」である。短歌の方が直截であると思うのは、詩を知らないわれわれの無知のためばかりでもあるまい。それよりもこの時、妃の山辺皇女（天智天皇皇女）が、髪を解き乱し、はだしとなって走って皇子の後を追い殉死されたという、日本書紀の記事は、日本歴史中でも哀れ深い場面であって、目のあたりその光景を見ない者も、この皇子の作を読めば、おのずからに涙せざるを得ないのである。

＊

神風《かむかぜ》の伊勢《いせ》の国《くに》にもあらましを何《なに》にか来《き》けむ君《きみ》もあらなくに（巻二・一六三）　**大来皇女**

見《み》まく欲《ほ》りわがする君《きみ》もあらなくに何《なに》にか来《き》けむ馬疲《うまつか》るるに（巻二・一六四）　**大来皇女**

伊勢に留まった大来皇女も、この悲報は直ちに伝えられたのであろう。皇女は、天武天皇の崩御により斎宮をしりぞかれて、間もなく上京されたとみえるが、その上京する時の作がこの二首である。『神風の』は伊勢の枕詞である。「伊勢の国にもおろうのに、何のために来たのであろう。慕わしく思う君もこの世に居られないのに」「会いたいとしきりに思われる君もこの世にいないのに、何のために来たのであろうか。馬の疲れるのに」と悲しみは尽きないのである。「ある」は生きている、健在するというほどの強い意に用いることがあるが、この二首の『あらなくに』

の場合は、その意味で用いられている。

＊

現身《うつそみ》の人《ひと》なるわれや明日《あす》よりは二上山《ふたかみやま》を妹背《いもせ》とわが見《み》む（巻二・一六五）　**大来皇女**

石《いそ》の上《うへ》に生《お》ふるあしびを手折《たを》らめど見《み》すべき君《きみ》がありといはなくに（巻二・一六六）　**大来皇女**

大津皇子の屍は移されて葛城《かつらぎ》の二上山に葬られたので、皇女はさらにこの二首を詠まれたのである。『二上山』は大和河内《やまとかわち》の堺にそばだち、峯が二つに分かれて並んでいるのである。『あしび』は白いささやかな花であるが、上代の人はこれを愛玩したのであろう。「あしびなす栄えし」などという句もある。『現身の』は前にみえた。「この世の人である自分はまあ明日からはあの二上山を姉弟と見ましょう」「岩の上に生えているアシビの花を手折りもしましょうが、さてその花を見すべき君は、この世にいるというのではないのに」というのであろう。『石《いそ》』は巖のことであって、海岸のことではない。『あらなくに』『馬疲るるに』『いはなくに』と同じ様な結句が三たび繰返されているが、前にも述べたように、この『に』には感嘆詞として強い激情が盛られているのである。『見まく欲りわがする君』の句の転置は動揺止むことなき心の自然の現れであろう。『人なる我や』『わが見む』のくり返しも、同じ意味でむしろ自然である。

*

島《しま》の宮勾《みやまがり》の池《いけ》の放《はな》ち鳥《どり》人目《ひとめ》に恋《こ》ひて池《いけ》に潜《かづ》かず（巻二・一七〇）

柿本《かきのもとの》 人麿《ひとまろ》

日並皇子《ひなみしのみこ》すなわち皇太子草壁皇子が、持統天皇の三年になくなられた時に、柿本人麿の作った歌である。長歌の反歌であるが、ある本の歌として挙げられている。人麿の歌はこの前後から始るのである。『島の宮』はすなわち皇子の御所である。『勾の池』は池の名前であろう。すなわち皇太子御所においてそう呼び慣らした池があったのであろう。『放ち鳥』は放し飼してある水鳥とみえる。一首の意は「島の宮の勾の池の放ち鳥は、宮の悲しみの中にあって人目を恋しがって池に水くぐることもせぬ」というのである。もちろんこれは作者の感情を放ち鳥に移入しているのであるが、この程度の移入は当然のことであり自然のことであって、擬人法に見られるような理知的な欠点などはない。

人麿の歌としては、とくに取り立てていうほどの作ではないけれども、調子に鷹揚のところがあって、小休止さえない一直線の句法も、ゆうゆうと進んでいる相である。日並皇子薨去《こうきょ》のときの歌としては宮の舎人《とねり》らの悲しみの歌を多く注意して、あるいはその方が人麿の作よりすぐれているというような見解もあるが、それには従えない。虚心坦懐両者を比較して見ることは意義あることであろう。

＊

島《しま》の宮上《みやうへ》の池《いけ》なる放《はな》ち鳥《どり》荒《あら》びな行《ゆ》きそ君《きみ》まさずとも（巻二・一七二）　**舎人《とねり》**

み立《た》たしの島《しま》をも家《いへ》と住《す》む鳥《とり》も荒《あら》びな行《ゆ》きそ年《とし》かはるまで（巻二・一八〇）　**舎人**

二首は、前述した日並皇子の宮の舎人らが悲しんで作った歌二十三首中のものである。「島の宮の上の池にいる放ち鳥よ。人なつかずゆくことなかれよ。皇子の君がおられずとも」。『上の池』は『勾の池』と同じく、宮の中にそう呼び慣らわされた池があったのであろう。題材からいっても人麿の作とよく似ているのであるが、『人目に恋ひて池に潜かず』ときわめて印象の明かな具体化をおこなっているのと、『荒びな行きそ君まさずとも』とむしろ概念的にいっているのとは、比較して始めて気のつくことではあるが、その差は大きいのではあるまいか。

『み立たしの島をも』は「皇子の下り立たせられたことのある池の中の島を」という意であろう。単に『島の宮勾の池』とか『上の池なる』とかいうのよりも、そこは幾分変化を求めているのであるが、それによってただちにこの歌の効果が著しく強められているとはいえまい。

舎人の歌は、この外に二十一首あるのであるが、その二十一首についても、それぞれ取るべき所はあるのであり、ここに挙げた二首と共に、佳作といえないことはないが、ただ人麿に比較すると、月の前の星の光の如き趣のあることは、銘記しておくべきことではあるまいか。舎人の歌を勝れたりとし、これは人麿の代作であろうという所までいっている人もあるが、それは根本の評価からしてわれわれとは違っていると思う。

＊

ささなみの滋賀《しが》の唐崎《からさき》幸《さき》くあれど大宮人《おほみやびと》の船待《ふねま》ちかねつ（巻一・三〇）　**柿本人麿**

ささなみの滋賀《しが》の大《おほ》わだ淀《よど》むとも昔《むかし》の人《ひと》にまたも会《あ》はめやも（巻一・三一）　**柿本人麿**

人麿が、天智天皇の近江の滋賀の都の荒れたところを過ぎて、詠んだ歌の反歌である。『ささなみの』は地名とも枕詞ともいわれているが、地名からきた枕詞で、ある時は地名の如く用いられ、ある時は枕詞の如く用いられると見ておけば足りる。一首の意は、「志賀の唐崎は変ることなくあるけれども、都が荒れ果てたので大宮人の船を待てども待ち得ない」というのである。これは明らかに擬人法を用いているのである。天智天皇崩御の時の歌に、

やすみししわご大君《おほきみ》の大御船《おほみふね》待ちか恋《こ》ひなむ滋賀《しが》の唐崎《からさき》（巻二・一五二）　**舎人吉年《とねりのえとし》**

がある。これは舎人吉年という婦人の作と伝えられている。人麿はおそらくこの吉年の歌を念頭において作ったものであろう。一体人麿の歌には、その詞句の上に、現存する古歌の影響と思われるものは割合に少いのであるが、これなどは珍しい例の一つである。次の歌は「滋賀の大き

な湖はよどみ、流れることを止めているけれども、昔の人にまた再び会うことができようか」と反語をもって強めたのである。『大わだ』は水の入り込んだ所だともいわれているが、ここではむしろ大海すなわち近江の湖水そのものを直ちに指しているのであろう。この歌は、一に『ささなみの比良の大わだ淀むとも昔の人にあはむと思《も》へや』とも伝えられているが、もちろん前に掲げられているのが歌としてまさっているのである。

　万葉の歌には、少しずつ改変された伝え方が幾通りか並び存することが、しばしばあることはすでに二、三の例で見た如くであり、ことに人麿の歌にはそれが多いのであるが、多くの場合、本文に立てている形が歌として優れているのである。これは万葉集が忠実に創作の原形を本文として伝えているのか、あるいは万葉集編集者に歌のよしあしを見分ける力があって、優れた形を本文と立てたのかは明らかでないが、万葉集を読むについて考えの中に置いてよい一条であると思う。

　この歌でも、擬人法は幾分現代のわれわれには気にならないでもないが、歌を大きく読み下して、しかも感情の空疎になることのない人麿の特色は、見ることができるのである。『幸くあれど大宮人の』と続ける所や、『またも会はめやも』と三音三音二音と重ねて『も』『め』『も』とマ行の音を繰り返しているところなど、注意すべきである。短歌には、もちろん、西洋流の脚韻や押韻は分化成立するところまで至っていないのであるが、言語の自然にもとづいた所のこうした技巧は、優れた作者の中には、その時々に自然に成り立つのである。

*

古《いにしへ》の人にわれあれやささなみの古《ふる》き都《みやこ》を見《み》れば悲《かな》しき　（巻一・三二）　高市黒人《たけちのくろひと》

ささなみの国《くに》つ御神《みかみ》のうらさびて荒《あ》れたる都《みやこ》見《み》れば悲《かな》しも　（巻一・三三）　高市黒人

高市黒人の同じく滋賀の旧都を悲しんでの作である。作者は高市古人《たけちのふるひと》とも伝えられているが、古人という人は他に歌がないので、他にも多くの作を残した黒人の作であるのを「黒」と「古」とを記し誤ったのであろうといわれている。おそらくその通りであろう。黒人は人麿と同時代の作者であった。

「昔の人で私はあるのであろうか、ささなみのこの滋賀の古い都を見れば感深く悲しい」「ささなみの滋賀の国の神の御心が寂しくなって、荒れ果てた都を見れば悲しい」という意である。『国つ御神のうらさびて』は「国を支配する神の心が怒り荒れて国を守護しなくなったので」という意味だと解釈しているが、それではあまり歌がらが小さくなろう。

黒人は、人麿の同時代者としては唯一の好敵手であったようにみえる。けれども、黒人の歌には概して重厚なところ、粘着力の強いところが欠けている。作者の性格としては著しいへだたりがあったといわねばなるまい。それは生涯の両者のすべての作品を比較しても動かぬ結論であると同時に、一首一首の比較においても当てはまるのである。前の四首を比較してもそうである。

ただ黒人の作は無理がなく、整っていて、鑑賞するものに攻撃的に立ち向ってくるような力は決して表さないから、気の弱い鑑賞者など、人によっては黒人の歌を人麿に対抗すると思い、時によると立ちまさっているとさえ思う場合があるのであるが、それは全く従い難い見方である。

＊

古《いにしへ》に恋《こ》ふる鳥《とり》かもゆづる葉《は》の御井《みゐ》の上《うへ》より鳴《な》きわたりゆく（巻二・一一一）　**弓削皇子《ゆげのみこ》**

持統天皇が吉野宮に行幸されたとき、お供された弓削皇子が、額田王に贈った歌である。額田王は大和の都（明日香か藤原）に留っていたのであろう。

『ゆづる葉の御井』は吉野宮のほとりにそう呼びならわした御井があったのであろう。名の起りはユズリハの老木などが井の辺に立っていたのであろう。井の名前ではあるが、そういう心象が自然に結成されるところ、なかなか生きた用い方をしている。井はもちろん今のような堀井でなく、走井で清水が流れている泉であろう。樹木をもって井の名とした例は他にも少くないので、古人の命名の自然のさまが想像できる。『上より』は「上を通って」という意味である。「より」とか「ゆ」にはそういう意味に用いた例が他にもみられる。一首の意は、「昔に恋いこがれている鳥でもあろうか、ゆづる葉の御井の上に鳴きつつ渡って行きますよ」というのである。『かも』は疑問から出た感嘆詞で、時には疑問の意味はほとんど全くなくなり、単なる詠嘆としても用いられるが、この場合などは疑問の意味が強くはっきり残っている詠嘆である。

この行幸は、持統天皇の四年か五年ごろのことであろうといわれている。弓削皇子は天武天皇の皇子であり、額田王は「紫野行き」の贈答の当事者であり、壬申《じんしん》の乱後は再び天武天皇に近くすごされたとみえるのであるから、お二人の間には天武天皇の時代を恋い慕う心持が同じように動いていたのであろう。また吉野は、天武天皇にとっては、皇太子の位を捨て出家して入られた昔から、『よき人のよしとよく見て』と歌われた他に、長歌の御製もあり、度々の行幸など、思い出多い地である。その地に再び持統天皇の行幸に従って、昔を恋い思う心は抑え難いものがあったに違いない。見れば昔に変らぬ鳥がゆづる葉の御井の上を鳴いて通ってゆく。まず思いを同じくする額田王を思い出して、歌を贈られた弓削皇子の心持は、何人にも理解できることであろう。『古に恋ふる鳥かも』も、そう思えば自然の感情移入にもとづくいい方である。

＊

古《いにしへ》に恋《こ》ふらむ鳥《とり》はほととぎすけだしや鳴《な》きしわが恋《こを》ふる如《ごと》（巻二・一一二）　**額田王**

額田王が答えられた歌である。「昔に恋うる鳥であろうか、ゆづる葉の御井の上を鳴き渡りゆくといわれますが、その昔に恋うる鳥はほととぎすでございましょう。おそらくはそれは昔を恋しがって鳴いたでありましょうよ、私が昔を恋しく思うように」という心持であろう。

額田王は、歌の生涯の長い方で、斉明天皇の初めのころから歌が見えるが、この時の歌を最後として以後の消息は不明である。歌には勝れた手腕のある額田王ではあるが、弓削皇子とのこの唱和の歌を見ると、むしろ弓削皇子の歌の方が強く調べの高いように思われる。万葉集中には唱和の歌は少くないが、多くの場合、和歌すなわち答えた歌の方が見劣りがするのは、働きかけるのと受身との態度にすでにへだたりが生ずるためなのであろう。

＊

阿胡《あご》の浦《うら》に船乗《ふなの》りすらむをとめ等《ら》が玉裳《たまも》の裾《すそ》に潮満《しほみ》つらむか　（巻一・四〇）　**柿本人麿**

持統天皇六年伊勢の国に行幸の時、都に留まった人麿の歌である。『阿胡』は志摩《しま》の地名である。『玉裳』は美称である。一首の意は、「阿胡の浦に船遊びをする少女たちの美しい裳裾に潮が満ちるであろうか」というのである。持統天皇は女帝であられるから、お供にも少女たちが多く仕えたので、人麿の注意も自然にそこに向けられ、この作を成したのであろう。

＊

くしろつく答志《たふし》の崎《さき》に今日《けふ》もかも大宮人《おほみやびと》の玉藻《たまも》刈《か》るらむ　（巻一・四一）　**柿本人麿**

同じ時の一首である。『くしろつく』は枕詞、『答志』は伊勢に近い志摩の地名である。一首は、「答志の崎に、今日はまあ、大宮人たちが玉藻を刈り遊ぶことであろうか」である。

*

潮騒《しほさゐ》に伊良湖《いらご》の島辺《しまべ》こぐ船《ふね》に妹《いも》乗るらむか荒《あら》き島《しま》みを（巻一・四二）　柿本人麿

『潮騒』は潮の満ちるに際して波の鳴り騒ぐのをいうのである。『伊良湖の島』は前に麻続王《おみのおおきみ》の歌の時にいった通り、今の三河の伊良湖崎を指すのであろう。『妹』は前の歌に『をとめ等』といったのより親しいいい方であるから、人麿の妻か、そうでなくても個人的に親しい人を指しているのであろう。「満ち来る潮の鳴り騒ぐ中に伊良湖の島の辺をこぐ船に妹は乗るのであろうか。荒い島のほとりを」というのである。『島み』のミは、古くはワと訓み、またマとも訓まれていたが、ミが穏当なのであろう。「み」はこのほか場所を表す多くのことばに着く。「浦み」「隈み」などである。「めぐり」とか『ほとり』とかいうほどの意味であろう。

以上三首同時の作であるが、人麿は京に留まって己が心に浮び来る心象をとらえて、直ちに歌としたのである。であるから地理的の事実などは第二の問題としていいのである。人麿にとっては歌われた所がそのまま真実であったのである。三首とも弾力ある調子で、一気に詠み下して行くところ人麿の特色であって、途中に休止もなく、まして声調のゆるみのあとなどはない。第三首、四句で切れているが、『妹乗るらむか』と意味の上でも調子の上でも切れてしまわずに、直ぐに『荒き島み』をと続いている。三首共理解しやすい歌であって、しかも人麿の特色を十分に伝えている作である。

＊

わが背子《せこ》はいづく行《ゆ》くらむ沖《おき》つ藻《も》の名張《なばり》の山《やま》を今日《けふ》か越《こ》ゆらむ（巻一・四三）　**当麻麿《たぎまのまろ》の妻《つま》**

同じ行幸の時、当麻真人麿という者の妻が、同じく都に留まっての作である。『沖つ藻の』は枕詞である。『名張』は伊賀の名張で、昔は大和から伊勢への道筋であった。一首の意は、「私の夫はどこを行くであろう。名張の山を今日越えるであろうか」というのである。旅行く夫を思う妻の歌としては素直な歌であり、『名張の山を』と具体的なものをきちんとつかんでいるのなどは、時代の賜とはいいながら捨て難い歌である。二句で切れている調子もしまっている。伊勢物語に『風吹けば沖つ白波龍田山夜半にや君がひとり越ゆらむ』とあるのも、その時代の歌としては佳作であるが、万葉の歌の強い調子のある勝れたところは、こういう歌と比較して会得すべきである。すなわち『わが背子はいづく行くらむ』というような直接ないい方は、伊勢物語の時代になるとなくなって、『夜半にや君が』という風に、なだらかないい方に移っているのである。

＊

神風《かむかぜ》の伊勢《いせ》の浜荻折《はまをぎを》り伏《ふ》せて旅寝《たびね》やすらむ荒《あら》き浜辺《はまべ》に（巻四・五〇〇）　**碁檀越《ごのだんおち》の妻**

これもたぶん前の歌と同じ行幸の時の作であろう。碁檀越というものの妻の歌である。『神風の』は枕詞である。『浜荻』は浜に生えているオギである。「伊勢の国の海辺に浜荻を折り伏せてその上に旅寝をするでありましょうか。荒い浜辺に」というのである。「み草刈りふき宿れりし」というのもあるから、『浜荻折り伏せて』も事実を無視した想像ではあるまい。旅行く夫を思う妻の身として、さもあるべき感じ方であるが、歌は（巻一・四三）の方が大まかであって、しかも直接的である点、立ちまさっているように思う。

＊

阿騎《あき》の野《ぬ》に宿《やど》る旅人《たびびと》うちなびき寝《い》も寝《ぬ》らめやも古《いにしへ》おもふに （巻一・四六）　**柿本人麿**

軽皇子《かるのみこ》すなわち後の文武天皇が父君日並皇子《ひなみしのみこ》のなくなられた後、かつて父君の狩をされた阿騎の野の古い跡を慕って旅宿りされた時、人麿がお供して歌を作った、その短歌の一である。『阿騎の野』は大和の宇陀郡松山町の郊外に阿紀神社というのがあるが、その辺を相当ひろく呼んだのであろうといわれている。

『旅人』というのは、皇子を始め、お供の人を指しているのであろう。「阿騎の野に旅宿りする旅人たちは打解けて寝ることも寝られまい。昔のことを思うので」という意である。『うちなびき』は若草や藻などのながく伏すことから連想して、人の伏すことを形容するのであろう。『寝《い》』は「寝る」ということの名詞である。『いを寝る』は「寝ることを寝る」という言い方で、西洋の再帰動詞などと似た言い表し方である。似たことばには「ねを泣く」がある。

＊

ま草刈《くさか》る荒野《あらぬ》にはあれど黄葉《もみぢば》の過《す》ぎにし君《きみ》が形見《かたみ》とぞ来《こ》し（巻一・四七）　**柿本人麿**

同じく短歌の二である。『ま草刈る』は枕詞であるが、ここでは実際の意味をもった荒野の形容句と見てもよい。『黄葉の』は枕詞である。「草を刈る荒れ茂った野ではあるが、今は亡き人となられた君の形見として来た」という意である。『過ぐ』は命が過ぎること、すなわち死去することである。

＊

東《ひむかし》の野《ぬ》にかぎろひの立《た》つ見《み》えてかへりみすれば月傾《つきかたぶ》きぬ（巻一・四八）　**柿本人麿**

同じく短歌の三である。「東の方の野に朝炊《かしぎ》の煙の立つのが見えて、振り返り見れば月は西に傾いている」という意である。『かぎろひ』は光の動くことすなわち朝の光の射し来ることであるといわれるが、ここでは朝炊の煙の立つのをいうのであろう。『立つ見えてかへりみすれば』という所が、強いてこまかく見ればうるさく感ぜられるといえるかも知れないが、一首の調子はそういう所に顧慮せずに詠み下してあるのであるから、味うものの態度としても、そういう所は詮議《せんぎ》立てしないのがよいのであろう。

＊

日並《ひなみし》の皇子《みこ》の尊《みこと》の馬並《うまな》めてみ獵立《かりた》たしし時《とき》は来向《きむか》ふ（巻一・四九）　**柿本人麿**

同じく短歌の四である。「日並皇子の尊が馬を並べて猟に立たれた時季が正に来ようとしている」というのである。この猟は冬の猟であるから、鳥獣を取るのである。

さて以上の四首を通観して見ると、人麿の特色は前々の作よりも次第次第に濃く表れようとしている。大体これらの歌は持統天皇の六七年ごろの作と思われるが、人麿の年齢はおそらく三十を幾つか越えて油の乗りかけた時なのであろう。とりどりに面白いのであるが、ことに最後の歌など、直線的な歌い方で押して行って、『時は来向ふ』と大きく響を立てるような句法を用いて一首を結んでいるところ、いくど繰り返しても飽くことを知らぬのである。

＊

石戸《いはと》わる手力《たぢから》もがも手弱《たよわ》き女《をみな》にしあれば術《すべ》の知《し》らなく（巻三・四一九）　**手持女王《たもちのおほきみ》**

太宰帥《だざいのそつ》河内王が持統天皇の八年筑紫でなくなり、豊前《ぶぜん》の国の鏡山に葬った時、手持女王の作られた挽歌である。女王は妃と考えられているが、おそらく息女であろう。『石戸』は岩で造った戸すなわち墓所の石のおおいをいうのである。「悲しい墓の岩戸を破る手力でもがあってくれればよいが。か弱い女の身であるから、する手だても知らない」というのである。『手弱き女にしあれば』は実によい句で、女王の心のこまやかさが、この一句に表れていると思う。父を失った悲しみの極みを自ら『手弱き女にしあれば』と訴えることによって表しているのは、技巧によらないおのずからの技巧といわねばなるまい。

女王はこの時、

豊国《とよくに》の鏡《かがみ》の山《やま》の石戸《いはと》立《た》て隠《こも》りにけらし待《ま》てど来《き》まさぬ（巻三・四一八）

とも歌われているのである。「鏡山」は今福岡県香春町の郊外に村名として残り、また鏡山神社がある。王の御墓の参考地となっている遺跡も存している。

＊

春過《はるす》ぎて夏来《なつきた》るらし白妙《しろたへ》の衣《ころも》ほしたり天《あめ》の香久山《かぐやま》（巻一・二八）　**持統《じとう》天皇**

持統天皇は、八年十二月明日香《あすか》の都から藤原の宮に移られたのであるが、この歌は、明日香の皇居から香久山《かぐやま》の辺を望んでの御製と見るべきであろう。『春過ぎて夏来るらし』は幾分われわれには概念的に響くのであるが、このころの人の心象はわれわれよりも具体的であったのではないかと思われる節もある。それはともあれ、『白妙の衣ほしたり天の香久山』と結んでいるのに至れば、そういう詮議は無用になってしまう。ありありと若葉になる香久山の里に、白妙の衣をほし連ねている民家の様までが目に見えるようである。

持統天皇は天智天皇の皇女で、天武天皇の皇后となられた方であるが、天武天皇崩御の時およびその御斎会のときに作られた長短歌も万葉集に伝えられている。この御歌は短歌の中では人に知られること最も広いものの一つであるが、端正な形式、整備した内容、円熟した声調など、欠けたところのない作で、天智天皇や額田王等によって開拓された万葉初期の叙景的の詠風は、ここに完成されたとも見られるのである。句法の二句四句に休止を置いて、結句を独立させて名詞で止めているところなども、またその完備の一条件を成しているのであろう。

*

いなといへど強《し》ふる志斐《しひ》のが強語《しひがたり》このごろ聞《き》かずてわれ恋《こ》ひにけり　（巻三・二三六）　**持統天皇**

持統天皇が志斐嫗《しいのおうな》というものに賜わった御歌である。志斐嫗はどういう人かを明らかにしないが、この歌によっていわゆる語部《かたりべ》の如きものであったろうと想像される。一首の意は、「いやというのに強いて話す志斐のが無理強いの物語をこのごろ聞かずして恋しくなった」というのであろう。『志斐の』の『の』は一種の助詞であろう。「背なの」などという用例もある。

香久山の御製は端正そのものであるが、この歌になると大いに趣を変えて、そこには親しみ深い御心が懐しくも動いているのである。『強ふる』『志斐のが』『強語』と頭韻を用いられているのなども、即興歌であるだけにわざとらしい嫌味を少しも感じさせない。この歌は淡々水の如き心と心との交渉を思わせるが、天武天皇を悲しむ長歌などでは、天皇はむしろ尽きることのない

情緒のこまやかな感傷を歌われているので、天皇の詩情の多方面であられたことが知り得られるのである。この歌に志斐媼は、

いなといへど語《かた》れ語《かた》れとのらせこそ志斐《しひ》いはまをせ強語《しひがたり》とのる（巻三・二三七）　**志斐媼《しいのおうな》**

と答えている。「いやというけれども語れ語れと仰せられるから志斐は申すのに、それを強語と仰せられます」というのである。この親しみに満ちた和歌によっても、天皇の御製がいかに親しみ深く志斐媼に響いたかが知られるのである。『志斐い』の『い』は主格を表すテニヲハだといわれている。

＊

古《ふ》りにし媼《おむな》にしてやかくばかり恋《こひ》に沈《しづ》まむ手童《たわらは》の如《ごと》（巻二・一二九）　**石川女郎《いしかわのいらつめ》**

石川女郎が大伴宿奈麿《おおとものすくなまろ》に贈った歌である。『古《ふ》りにし』は年をとったというのであろう。一首は「年とったお婆さんであって、これほどまでに恋心に沈むことでありましょうか。童女のように」というのである。前に『手弱き女にしあれば』という句があったが、『古りにし媼にしてや』はややそれに似た感じがある。ただし彼は清浄可憐の感じがあるのに対して、これはまた全く趣の違ったあわれさを感ずるのである。

婦人が幾人かの夫にとつぐことは、このころとしては別段珍しいことではないが、この作者石

川女郎は大津皇子の宮にも侍していたと記されている。石川女郎の名が挙げられた作歌は長い時代にわたるので、同名の人が二人か三人あったのであろうともいわれるが、あるいはそれらの多くの人と相聞恋愛の歌を残した石川女郎というのは全く同一人であるかもしれない。今漸く老いようとしてこの歌を歌っているように思われるが、どこかに本音を吐いているようなところがあって、その声調の物哀れにも同感できるところが多いのである。『手童の如』の結句にしても、てらっているというよりもむしろいろいろの世故を潜りぬけた後に、本当の自分に立ち返っている女の声のようなところがあって、品位高い歌でないことはもちろんであるが、どこか捨てがたいのである。この歌は三句以下が一に、「恋をだに忍びかねてむ手童の如」となっているが、それは理に堕ちたようなところがあって面白くない。

＊

石見《いはみ》のや高角山《たかつぬやま》の木《こ》の間《ま》よりわが振《ふ》る袖《そで》を妹《いも》見つらむか （巻二・一三二）　**柿本人麿**

人麿が石見《いはみ》の国から妻に別れて上京する時作った歌の短歌の一である。「石見の高角山の木の間から思いに堪えかねて振るこの私の袖を妻は見たであろうか」というのである。『石見のや』の『や』は軽い詠嘆である。『振る袖』は前に額田王《ぬかだのおおきみ》の歌について言った。高角山は今の那賀郡島星山であろうといわれている。

＊

小竹《ささ》の葉《は》はみ山《やま》もさやに乱《みだ》れどもわれは妹《いも》おもふ別《わか》れ来《き》ぬれば（巻二・一三三）　**柿本人麿**

同じ時の短歌の二である。

「小竹の葉は、山にはっきり目に見えて、風に吹き乱れているけれども、自分はただ妻のことを思う。別れて来たのだから」というのである。『乱れども』というところはいろいろに訓まれている。「さやげども」という訓も行われている。

人麿の石見の国から上京する時の歌は、長歌二首短歌四首あって、それに幾通りかの異伝がある。この時の歌は、人麿の作としては最も油の乗り切ったもののように思われるのであるが、ことに層層ことばを重ねてゆく長歌には、そのきわまるところのない力のみなぎりが表れているように思われる。初めの歌はただ事を叙した如く見えるが、そのわざとらしからぬ所に実情がこもっている。長歌の方では、『夏草の　思ひしなえて　偲ぶらむ　妹が門《かど》見む　なびけこの山』というような強い高らかな調子で終っているので、それを受ける短歌として見ると一層、この平静にして内に向っているいい方が利いてくるのである。もちろん、短歌を独立さして見ても、その価値が少くなるわけではないが、長歌との続け具合には短歌のみには、また長歌のみにはない、一種総合の感情をかもしだしているのである。この辺の技巧は、あるいは移して現在の連作の上にも活用できるのではないかと思う。

次の歌は句法からいっても、結句を独立さして、しかも意味が再び上へ戻るような句を置いてあるので、感じ方は一層複雑になって来ている。四句を『われは妹おもふ』と字余りを用いて重く抑えているなども見逃せない所である。「さやげども」という訓の方は、同音の繰返しがあって、快適に響くのであるが、幾分軽くなる傾きがあるように見える。

＊

青駒《あをごま》の足掻《あがき》を速《はや》み雲居《くもゐ》にぞ妹《いも》があたりを過《す》ぎて来《き》にける（巻二・一三六）　**柿本人麿**

同じく石見から上京する時の第二の長歌の短歌の一である。『青駒』は薄黒の馬とも白馬ともいわれている。『足掻』は足取りすなわち馬の歩みである。『雲居』は雲のいる遙かな所。一首の意は、「馬の足取が速いので、雲のいるはるかな所まで、妻の家の辺を通って来てしまった」である。これも平かに事実を叙しているところが、前の短歌の一に行き方を等しくしている。この歌にもさまざまの異伝があるのであるが、四、五句を「あたりは隠りに来にける」としたのは、やはりこの歌に劣るのであろう。巻十一に『赤駒の足掻速けば雲居にも隠り行かむぞ袖巻け我《わぎ》妹《も》』とあるのはひどく歌を低調にしている。

＊

秋山《あきやま》に散《ち》らふ黄葉《もみぢば》しばらくはな散《ち》り乱《みだ》りそ妹《いも》があたり見《み》む（巻二・一三七）　**柿本人麿**

同じ長歌の第二の短歌である。「秋山に散る黄葉はしばらく散り乱れることなかれよ。妻の家のあたりを私は見よう」というのである。『な散り乱りそ』は「散りな乱れそ」とも伝えられているが、語法のわずかの違いだけで、意味はもちろん歌の価値にもそれほどの違いはないが、しかし細かくいうとやはり『な散り乱りそ』の方が重くなり力がこもってくる。黄葉に『な散り乱りそ』というのは一見誇張のように見えるが、実際は写実から得来った句であろう。霜の来始めるころの山道をゆくものは、しばしば遭遇する実景である。

前の歌にしてもこの歌にしても、技巧らしい技巧は用いていないのであるが、あらゆる技巧を超越し来った高手のなすところおのずからに豊かな響を伝え、底から湧き上る真情を表出しているのである。人麿の歌には技巧が目立つということは、専門歌人中の専門歌人には考えられたところであって、そういわれて見れば、幾分その傾きのないでもない作もあるように思われるが、この石見の国から上京の時の歌の如く、自己の直接経験から直ちに叫び上げられた歌になると、決して技巧的などというものではないのである。技巧を超越して直ちに真実に迫っていると思われるのである。

＊

な思《おも》ひと君《きみ》は言《い》へども会《あ》はむ時《とき》いつと知《し》りてかわが恋《こ》ひざらむ（巻二・一四〇）　**依羅娘子《よさみのいらつめ》**

人麿の妻依羅娘子が人麿と別れるときの歌である。娘子は大和の人とも石見の人とも考えられるのであるが、地名に関連させて考えれば、河内《こうち》あるいは摂津《せっつ》の人と思われ、石見の妻とは別人と見るべきであろう。「悲しみ思うなとあなたはお言いだけれども、また会う時をいつとも知らないので私は恋いこがれずにはおれません」である。下句は反語の形をとって強めているのである。この歌もなんら巧のない歌であるけれども、真情はおのずからにして人を動かすものがある。

＊

旅《たび》にして物恋《ものこ》ふるしぎの鳴《な》くことも聞《きこ》えざりせば恋《こ》ひて死《し》なまし（巻一・六七）　**高安大島《たかやすのおおしま》**

文武天皇の四年正月、持統太上天皇が難波の宮に行幸された時の歌である。『物恋ふるしぎの』の句は、訓み方にも、解釈にも種々説のあるところであるが、もの恋しげに聞える感情を移入して、直ちに「ものこいしがる鴫《しぎ》」といったのであろう。「旅にあって、物恋いしがる鴫の鳴くことも聞えなかったならば、家恋しさのあまりに恋い死もしように。鴫の声が聞えるので、うらかなしいながら、わずかになぐさめられる」という心持なのであろう。作者高安大島は取り立てていうほどの作者でもないと見え、その作歌は一首だけ伝えられているのであるが、どこか物あわれな感じを歌い上げているところが注意される。詞句にいくぶん明確を欠くところがあって、注釈者の間に問題を生ずるのは、作者がことばの使い方に馴れなかった所があるためであろうか。それにしても、全体の調子が何か訴えるようなものを持っているのは、やはり真情から出発しているためであろう。

＊

滝《たき》の上《うへ》の三船《みふね》の山《やま》にゐる雲《くも》の常《つね》にあらむとわが思《おも》はなくに（巻三・二四二）　**弓削皇子《ゆげのみこ》**

作者弓削皇子が吉野に遊ばれた御歌である。『滝の上』は「急流のほとり」という意味である。ここでは特に吉野川の急流に臨んでいることをいっているのである。『三船の山』は吉野川に臨んだ山の名である。今もそれといわれる山はあるが、果して昔のままかどうかは分らない。『常に』は変ることなくという意味である。「吉野川の流れのほとりにある三船の山にいる雲はいつも変ることなくいるが、それと同じように、自分もいつまでも変わることなくこの世にあろうとは思わない。やがてはかない命を終ることであろう」というのである。雲は浮雲などといわれて変わりやすい例に引かれるのであるが、それはむしろ外来の感じ方で、日本の元来の感じは雲の常に山にいることは、変らぬことにあるといわれている。この歌も見方によっては何れにも取れるのであるが、やはり朝夕雲のかかっている実感からすれば、雲を変わらぬものの例に引いたと見る方が味い深く感ぜられる。

この歌は淡々としていて、何の奇もない歌であるが、やはりどこかに人生に対するはかなさ、あわれさが、理論でなしに実際の感情で触れてるところがあって、捨て難い歌である。この歌は人麿歌集に、

み吉野《よしぬ》の三船《みふね》の山《やま》に立《た》つ雲《くも》の常《つね》にあらむとわが思《おも》はなくに（巻三・二四四）

と出ているのであるが、わずかの相違ながら元のままがよいと思う。またこの歌に唱和して、春日王が作られた歌に、

大君《おほきみ》は千歳《ちとせ》にまさむ白雲《しらくも》も三船《みふね》の山《やま》に絶《た》ゆる日《ひ》あらめや（巻三・二四三）　**春日王《かすがのおほきみ》**

というのがあるが、雲を変らぬものの例に引くことを知らせるには、都合のよい歌であるが、歌そのものは理に落ちて弓削皇子の作よりは遥かに劣ると思われる。

＊

もののふの八十《やそ》氏川《うぢがは》の網代木《あじろぎ》にいさよふ波《なみ》の行方《ゆくへ》知《し》らずも（巻三・二六四）　**柿本人麿**

人麿が近江の国から上京の時、宇治川のほとりで詠んだ歌である。人麿と近江の国の関係や、この歌がいつごろの作であるかというようなことについては、いろいろと説があるが、やはり何かの公用で近江に行って上京した時で、それは前に見た巻一の近江荒都の歌と同じ時と見ること

もできよう。『もののふの』は『八十』の枕詞である。そうして、その『八十』を「八十氏人」などというのにならって『八十氏川』といい続けてしまったのである。であるから、『もののふの八十』は宇治川の枕詞と解すればよい。『網代木』は宇治川で冬魚を取るために造る網代を掛ける木である。今は禁止されてあとを止めない。『いさよふ』は停滞することである。「宇治川の網代木に滞り流れようとして流されずにいる川波は、流れ行くべき方もなく、たたえられている」というのであろう。内容が非常に単純であるが、一面『網代木にいさよふ』と極めて具体的に捉えており、さらに『行方知らずも』と詠嘆を強くいい放っているところ、抒情詩としての短歌の最も本格的なものの一つであろう。

この歌は人麿の作中でも特にすぐれた作として昔から人の注意をひき、いろいろ讃嘆の評語を注がれたのであるが、やはりそれだけの意義のある作であろう。『行方知らずも』は「行く方も知らず流れゆく」と解して、無常観を述べているとか、人麿は日本固有の思想を歌ったのであるから、仏教の無常観などには関るところがないとか、いろいろな批評が加えられるのであるが、これは「流れゆく水」を見ての詠嘆ではなく、「流れかねてとどこおっている水」を目の前にしての詠嘆であろう。そう解して、一首の現実的にして深い感動を汲み取るべきであろう。

＊

近江《あふみ》の海夕波千鳥《うみゆふなみちどり》汝《な》が鳴《な》けば心《こころ》もしぬにいにしへ思《おも》ほゆ（巻三・二六六）　**柿本人麿**

宇治川の歌とどういう関係になっているかしれないが、あるいは事柄からいうと近江《おうみ》の荒都の歌とも関係あるらしくも思われる。歌の調子はしかし、近江の荒都の歌とは相当に異っていて、あれよりは細くしなやかなところが特に著しい。『近江の海夕波千鳥汝が鳴けば』と幾つかテニヲハを略して畳みかけた句法を、『心もしぬに』というような柔い弾力のある調子で受けているし、結句の『思ほゆ』なども静かにしんみりとしたことばである。一首の意味は、「近江の湖の夕波に遊ぶ千鳥よ、お前がなけば私の心もしおれるばかりに昔のことが思われるよ」というのである。意味は懐古の歌であるから、近江の荒都の歌と似ているというのは、その点をいったのであるが、調子が異るというのは、この歌には一種恋愛歌にでもありそうな、綿々たる情緒の響があある点を指したのである。

＊

大和《やまと》には鳴《な》きてか来《く》らむ呼子鳥象《よぶこどりきさ》の中山《なかやま》呼びぞ越《こ》ゆなる（巻一・七〇）　**高市黒人《たけちのくろひと》**

太上（持統）天皇が吉野離宮に行幸された時の歌である。作者高市黒人は前に近江荒都の歌で人麿と比較したのであるが、当時にあっては人麿と相対抗した歌人と見え、行幸に従った歌など少くないのであるが、なかなかよい歌を残している。「大和には鳴いて来るのでありましょう。呼子鳥が、象の中山を鳴きながら越えますよ」という意であろう。『鳴きて来らむ』の「来る」についていろいろ説があり、昔は「来る」も「行く」も同じに用いているから、この『来らむ』は「行くらむ」と同じであるという風にも解かれる。しかしそれよりも初の二句は大和を中心としていい、次の三句は現在いる吉野を中心としていっているので、一首の中に中心の移動があるのだと考えられる。論理的には矛盾のある句法であるが、一首の中の主格が途中で変ってしまうような句法さえ歌や発句にはあるのであるから、あながちにあり得ぬ句法とは言えまい。むしろそういう論理的関係を無視するのではないが、無頓着でいる所に昔の人の感じ方の一面が表れているともいえるように思う。

前の弓削皇子の歌には『ゆづる葉の御井の上より鳴き渡り行く』とある。がこの歌は呼子鳥であるから、作者が工夫を凝らして『呼びぞ越ゆなる』と新味を出したのではないかと思うが、少しく興味が末梢化して、それほどの効果を挙げていないのは惜しい。しかし、巻九に、同じ吉野に行幸の時の歌に、

滝《たき》の上《うへ》の三船《みふね》の山《やま》ゆ秋津辺《あきつべ》に来鳴《きな》きわたるは誰呼子鳥《たれよぶこどり》（巻九・一七一三）　**作者未詳**

というのがあるが、それよりはさすがにこの黒人の歌の方が数等たちまさっているように思われる。

＊

巨勢山《こせやま》のつらつら椿《つばき》つらつらに見《み》つつ思《おも》ふな巨勢《こせ》の春野《はるぬ》を（巻一・五四）　**坂門人足《さかとのひとたり》**

大宝元年秋、持統太上天皇が紀伊の国に行幸された時の歌である。巨勢山は今の大和の南葛城郡葛村古瀬附近であるといわれる。『つらつら椿』は沢山連っている椿ということであろう。次の『つらつらに』すなわち「つくづくに」という副詞と音を揃えるために作者の作ったことばではないかと思う。「巨勢の山に連って立っている椿をつくづくと見て思いますよ。巨勢の春の野の美しい景色を」という意味であろう。今はあたかも晩秋の行幸なので、従駕《じゅうが》しつつ過ぎ行く巨勢野の冬になろうとする景色を見ながら、春の椿の花を思いしのぶというのであろう。もっともこの年の行幸は、秋とはいっても陽暦の十月二十七日から十一月二十七日までのことであるから、あるいは椿の秋花がすでに見えそめるころではないかとも思われるが、そこまでは詮索せぬ方がよいかもしれぬ。即興的の要素の目につく歌ではあるが、それが嫌味なく歌われているところは取るべきであろう。ある本の歌に、

河上《かはかみ》のつらつら椿《つばき》つらつらに見《み》れども飽《あ》かず巨勢《こせ》の春野《はるぬ》は（巻一・五六）　**春日老《かすがのおゆ》**

となっているが、これによれば作者も異り、また巨勢の春野を目のあたり見ている歌となる。ただしこの歌に比較しても、前の歌が感深いのは、『見つつ思ふな』という所の詠嘆がこまやかな

ためであろう。この『な』は、いうまでもなく、禁止や否定の意味ではなく詠嘆の意味である。

＊

麻裳《あさも》よし紀人《きひと》ともしも真土山《まつちやま》行き来《く》と見らむ紀人《きひと》ともしも（巻一・五五）　**調淡海《つきのおうみ》**

同じ大宝元年紀伊行幸の時の歌である。『麻裳よし』は枕詞である。『真土山』は大和から紀伊へ越えてゆく国境の辺にある山だとのことである。『ともし』は「少い」である。まれまれに人に会う山越えの感じである。「うらやましい」という意味に取るべきではない。「行く会う紀伊の人がまれまれである。真土山を行きに帰りに会う紀伊の人が実にまれまれである」という意味で、内容は極めて単純であるが、古樸な二句絶、繰り返しの句法を用いたことと相まって一種古雅の感じのする作である。行きかう人に出会うこともまれな、旅の感動をそのまま一直線に歌い去っているところは、いろいろの意味で参考になろうと思う。人足も淡海も皆作歌一首ずつしか残らぬ作者である。

＊

苦《くる》しくも降《ふ》り来《く》る雨《あめ》か神《かみ》の埼《さき》佐野《さぬ》のわたりに家《いへ》もあらなくに（巻三・二六五）　**長奥麿《ながのおきまろ》**

この歌も多分同じ時の行幸の歌で、その帰途沿海を船で来た時の作であろうと思われる。『神の埼』は、和泉の近木川河口附近であろう。これをミワノサキと訓み、今紀伊の新宮市に含まれている三輪崎町であろうという説が一般的であるが、しかしそれではこの歌の作られた事情の説明がつかない。『わたり』は、「あたり」の意にも取れるが、ここは河海をわたる所、港の意であろう。一首の意味は、「苦しくも降り来る雨かな。神の埼や佐野のわたりには家もないのに」というのである。後世藤原定家がこの歌を本として『駒止めて袖打ち払ふかげもなし佐野のわたりの雪の夕暮』と作ったので、かえって人に知られているような次第であるが、実際の旅行の実感から生れた歌であるから、定家の机上で考えて作った歌とは比すべくもないことは、すでに万葉集を貴ぶ人々によってはしばしばいわれた如くである。この歌に似た歌で、

大口《おほくち》の真神《まがみ》の原《はら》に降《ふ》る雪《ゆき》はいたくな降《ふ》りそ家《いへ》もあらなくに （巻八・一六三六） **舎人娘子《とねりのいらつめ》**

がある。あるいはこの方が先に作られた歌ではないかと思われる。『大口の』は枕詞である。『真神の原』は大和高市郡飛鳥村飛鳥のあたりであろうといわれている。意味は、「真神の原に降る雪はあまり降るなよ。家もないのに」というので、神の埼の歌よりさらに単純であるが、『苦しくも降り来る』などとことわっていないところが、いっそうあわれ深くのびのびとしていて、歌品はこの方が高く思われる。ことに作者の女心のこまやかさまでが響いているように思われる。定家は前の歌を本歌としたのであるが、一面この歌をも参照したのかもしれぬ。

＊

引馬野《ひくまぬ》ににほふ榛原《はりはら》入り乱《みだ》り衣《ころも》にほはせ旅《たび》のしるしに（巻一・五七）　**長奥麿《ながのおきまろ》**

大宝二年持統太上天皇が三河の国に行幸された時の歌である。『引馬野』は遠江《とおとうみ》の浜松附近の引馬宿として知られた所の原であろうというのであるが、三河行幸の時の作であるから三河の国にあるべきだというので御津海岸にあてる説が、近頃は信ぜられるようになった。榛原の「榛」は「萩」であるか「はんの木」であるか、あるいはまた雑木であるかについて事細い論争が昔から繰り返されているのである。この行幸は冬十月上旬藤原の京を出でて、十一月二十五日までの行幸であり、太陽暦でいうと、十一月上旬から十二月二十二日までになるのであるから、その点からいうと萩の花ではなく「はんの木」か乃至《ないし》は雑木の紅葉であるように思われるが、さりとてそれだけのことによって「榛」の問題を解決することができないことももちろんである。一首の意は、「引馬野に色美しく匂っている榛原の中に入り乱れて、衣をその美しい色に美しく色着けなさいよ。旅に来たしるしに」というのである。

『衣にほはせ』は色に染めることであろうが、ここは必ずしも染色の手段を経て実際に着物を染めるというのではなく、花なり紅葉なりの色の美しい中に入って、その色を着物に美しくうつらせなさいという詩的感興なのである。であるから染色上の実際の技術問題などを引いて、この歌から「榛」の問題を論究しようとするのは、議論としても見当外れであるばかりでなく、根本において歌を誤解しており、歌を誤っているということになるのである。一首の主眼は、旅行く引馬野に匂い栄える榛の紅葉（萩の花ならそれでもよい）を見て、あの中へ入って着物ごとあの色になりましょうと即興を歌っているところにあるのだ。それを忘れて理窟めく解釈をしては駄目である。

＊

いづくにか船泊《ふなはて》すらむ安礼《あれ》の崎《さき》こぎたみ行《ゆ》きし棚《たな》無し小舟《をぶね》（巻一・五八）　**高市黒人**

同じ行幸の時の歌である。『安礼の崎』は今の遠江の浜名郡新居あたりともいわれているが、明かでない。この歌は、伊勢から海路を参河へ行く時の作であると見えるから、『安礼の崎』も、その間の海上のある岬をいうのであろう。『棚無し小舟』は舟棚というもののついていない小舟のことである。「どこに舟泊りするのであろうか。安礼の崎をこぎ廻って行ったあの棚無し小舟は」というのである。行幸の供奉ながら、苦しいしかも宿り定めぬ旅を続けている人が、岬をこぎ廻って行った小舟を見て、まず『何所にか舟泊すらむ』と感ずるのは、極めて自然な心理過程である。それをその自然のままに歌い出ているのは、作者黒人の何と言っても優れた手腕を認めてよいだろう。率直は万葉集の特質であるけれども、かくまでに自然を失わずに表現し得るという事は才能であり手腕なのである。いうことは舟であるけれども、意は作者の奥底よりの叫びである事も、この歌を読む者はまず注意せねばなるまい。『こぎたみ行きし棚無し小舟』も平坦に事を叙しているのであるが、その中におのずからなる作者の沁み入る物のあわれさが響いている。それは『棚無し小舟』ということばの音調にもであるが、ことに『こぎ回み行きし』という句は叙景であって、直ちに主観的の響をもった句であるからなのである。ただ欲をいえば、この歌は黒人の作としては極めて、上作でありながら、人麿に見るような奥底から湧き上るような力の乏しいことであって、それはいかんともしがたいのである。

＊

いづくにかわれは宿《やど》らむ高島《たかしま》の勝野《かちぬ》の原《はら》にこの日《ひ》暮《く》れなば（巻三・二七五）　**高市黒人**

黒人の数多い旅の歌の中の一首である。『高島』は近江の国高島郡であり、『勝野』はそこにある野である。一首の意は、「どこに自分は宿ろう。旅行きつつ高島の勝野の原に今日のこの日が暮れたならば」というのである。この『いづくにかわれは宿らむ』は前の『いづくにか船泊すらむ』よりも直々に自分のことをいっているのであるが、前の句の含蓄多いのにはやや劣るように思われる。ただし『高島の勝野の原にこの日暮れなば』という飾気のない直叙的のいい方はかえって訴える所が深いのである。後に挙げる人麿の歌の『稲日野も行き過ぎがてに思へれば心恋しき可古の島見ゆ』とどこか通うところがあるように思われる。

＊

ここにして家《いへ》やもいづく白雲《しらくも》のたなびく山《やま》を越《こ》えて来《き》にけり（巻三・二八七）　**石上卿《いそのかみのまへつきみ》**

滋賀に行幸した時の歌だと伝えられているけれども、いつの行幸であるか、また石上卿というのは何人を指すのであるか、正確なことは分らない。一首の意は、「ここに居って家はまあどこであろうか。白雲のたなびく山を越えて来た」というのである。明快な歌で、そこに旅行く人の感慨のある物を見ることができるのである。天平三年に大伴旅人が筑紫から帰った後、沙彌満誓《さみまんぜい》に答えたものに次の歌がある。

ここにありて筑紫《つくし》やいづく白雲《しらくも》の棚引山《たなびくやま》の方《かた》にしあるらし（巻四・五七四）　**大伴旅人《おおとものたびと》**

歌の調やことばはよく似ているのであるが、これは旅人の歌の方が後にできたものらしい。旅人の歌は、先人の作を心中に置いて幾分即興的に作ったのではあろうが、別段上すべりもしていないし、嫌味のある歌でもない。

＊

慰《なぐさ》めて今夜《こよひ》は寝《ね》なむ明日《あす》よりは恋《こ》ひかも行《ゆ》かむこゆ別《わか》れなば（巻九・一七二八）　**石川卿《いしかはのまへつきみ》**

作者石川卿は明かでないが、石川年足《いしかわのとしたり》であろうといわれる。一首の意は、「心を慰めて今夜は寝ましょう。明日からは恋いこがれつつ行くことでありましょうか。此処から別れたならば」というのである。おそらく妻か恋人に送った歌であろうが、『慰めて今夜は寝なむ』は「自ら心を慰めて寝よう」という意であろう。作者の相当な年齢と、相当複雑な生活の背景等をも感ぜしめられるような句であるけれども、事柄をすべて単純化しているので、嫌味や煩わしさはなく、ただ心のこまやかさのみを存しているのである。

＊

葦北《あしきた》の野坂《ぬさか》の浦《うら》ゆ船出《ふなで》して水島《みずしま》に行《ゆ》かむ波立《なみた》つなゆめ（巻三・二四六）　**長田王《ながたのおほきみ》**

長田王が筑紫の国の水島に遣わされた時の歌である。何故に水島に遣わされたかは明らかでない。水島は景行天皇に関係のある由緒の地である。今、八代郡に属している海岸に接した小島で現在も清水が湧出しているとのことである。

さて、この歌は「葦北部の野坂の浦から舟出をして水島に行こうとする。浪よ立つなよ、決して」というのである。これは飾気のない直接的叙法の歌であるが、どこかに感じの徹った所があって、そこが捨てがたいのである。ことに複雑な背景のある歌などは、多くその背景に煩わされて、抒情詩としての感動を弱められることが多いのであるが、そういう場合には、これらの詠風は特に参考になるのではないかと思われる。同じ時に長田王はなお三首の歌を作られたが、同じ水島の一首は、

聞《き》きし如《ごと》まこと貴《たふと》く奇《くす》しくも神《かむ》さびをるかこれの水島《みづしま》（巻三・二四五）　長田王

である。これなども、景行天皇がこの水島で水を得られたという歴史的背景を考慮しながら、それに煩わされることなく一気に詠み据えてある所、前と同じような意味で注意されるのである。長田王はよほど特色のあった作者とみえて、この時に三首、和銅五年に伊勢斎宮に遣わされた時三首の歌があるが、何れも力強い簡素な調べを持っている。この時のもう一首というのは、

隼人《はやひと》の薩摩《さつま》の瀬戸《せと》を雲居《くもゐ》なす遠《とほ》くもわれは今日見《けふみ》つるかも（巻三・二四八）　長田王

である。『隼人の』は枕詞である。『薩摩の瀬戸』は今の肥後薩摩の境あたりの海をいうのであろうといわれている。「薩摩の瀬戸をば、雲のいる如き遠くまで来て、私は今日見たことかな」というのである。

＊

葦辺《あしべ》ゆく鴨《かも》の羽交《はがひ》に霜降《しもふ》りて寒《さむ》き夕《ゆう》べは大和《やまと》し思《おも》ほゆ（巻一・六四）　志貴皇子《しきのみこ》

慶雲三年九月二十五日から十月十三日、すなわち陽暦の十一月二十六日まで文武天皇が難波の宮に行幸された時の歌である。『葦辺』は葦の生えている海辺、『羽交』は翼の打合うところをいうのであるが、ここはただ羽というくらいの意に用いているのである。「葦の生えている海辺に

浮んで行きめぐっている鴨の羽の上に霜が降って寒い夕には、大和が思われる」というのである。

暦日を繰って見ると、行幸の終りに至って次第に月が満ちて来るのであるが、この作はおそらくその終りに近づいた月の相当に遅くなった、少くとも十日以後の作であるように思われる。月のことはいってないが、『鴨の羽交に霜降りて』というのはいうまでもなく、実際鴨の翼に霜があるかないか調べてみるなどという馬鹿げた解釈をすべきではなく、感情によって眼前の光景を「霜降りて」と理解したのであるが、おそらくは宵の口やや過ぎ上弦の月の光の中に、潮を動かして行きめぐる鴨を見ていたことが思われるのである。行幸の日数ようやく長く、人々の家郷を思う情も日に切なるものがあったというような事も、本筋の邪魔にならぬ程度に考えて見てもよい。

*

大和《やまと》恋《こ》ひ寝《い》の寝《ね》らえぬに心《こころ》なくこの洲《す》の崎《さき》に鶴鳴《たづな》くべしや（巻一・七一）　**忍坂部乙麿《おさかべのおとまろ》**

同じ時の歌であって、題材も、感じ方も大いに似通っているのであるが、前の歌に比較するとどこかにつかみ方の足りないように思われるところがある。一首の意は、「古里の大和を恋い、寝ることも寝られずにいるのに、思いやりもなくこの洲の崎に鶴の鳴くべきことかいな。鳴くべきではないぞ」というのであるが、前の歌の『鴨の羽交に霜降りて』というように、明確な心象をつくらせるのに対して、これは余りに自らの主観に頼りすぎている。『心なく』なども理屈めいて弱く響くように思われる。

＊

み吉野《よしぬ》の山《やま》のあらしの寒《さむ》けくにはたや今夜《こよひ》も我《わ》がひとり寝《ね》む（巻一・七四）　**文武《もんむ》天皇**

文武天皇が吉野宮に行幸された時の歌であるが、天皇の御製であろうとも伝えられている。私はその御製説を信ずるものである。『あらし』は山から吹き下してくる風で、今の「おろし」である。「み吉野の山を吹き下して来る風の寒いのに、またまあ今夜自分は独り寝ることであろうか」という意である。『はた』は又という意味であるが、詠嘆の『や』と結合して強い感動を表しているのである。独り寝るとは、家郷を離れ配偶者を離れて旅寝する意である。その気持は従《じゆう》駕《が》の人の作などにもしばしば見られる所である。この歌では『はたや』の句がいろいろ問題になっているが、意味は前にいったようで、特別に問題のある語ではない。しかし、その句に盛られている感動がこの一首の重点であるから、そこにいろいろの問題が生じ、説が生じたのも当然のことである。『寒けくにはたや今夜も』と続けて行くところに、言うに言われぬ味いがある。すなわち微妙な内面情緒の動きが、これらの句の音調の推移の中に、表出され暗示されているように思われるのである。

一首としても意味からいえば極めて単純なのであるが、時間的に推移している情緒は相当に複雑微妙なのである。『きりぎりす鳴くや霜夜のさむしろに衣《ころも》片敷きひとりかも寝む』は、新古今集に出ている摂政太政大臣の歌であるが、万葉集にも、「ひとりかもねむ」というような結句の歌は何首かあり、この歌の類想と見られる歌もあるのであるが、この歌のように含蓄の深い作はないのである。

歌は単純短小のものであるから、その中に個性を盛るということは不可能なように見えるのであるが、実際の作品に当って見ると、一首一首の調子には、他と混同されないものがあって、ある意味では一首一首が皆個性を具えているともいえるのである。この歌などの如く内容が単純でありながら、かなり明確に一首の個性をもっている作品は、今のようなことを考えてみるにはよい手がかりであると思う。

＊

稲日野《いなびぬ》も行《ゆ》き過《す》ぎがてに思《おも》へれば心恋《こころこほ》しき可古《かこ》の島見《しまみ》ゆ（巻三・二五三）　**柿本人麿**

人麿の旅の歌の中の一首である。前に引き合いに出した歌である。『稲日野』はまた「印南野」とも記され、今の播磨国印南郡のあたりの野をいうのであろうか。『可古の島』は同じく播磨国加古郡あたりの島をいうのであろう。もっとも前の伊良湖の島などと同じく、離れ島でなくとも、半島でも島と呼んだのであるから、この可古の島も必ずしも島と見なくもよい。

一首の意は、「稲日野もその景色の面白いために通り過ぎがたく思っているというと、心に恋しく待ち設けていた可古の島が見える」というのである。舟で稲日野を見やりながら行く場合の歌であろう。『思へれば』の『ば』は今の用法よりは軽いので、今の「に」に近いくらいのことばである。この歌もただ真実の報告のように見えるが、実はそうでなく、『行き過ぎがてに』『心恋しき』はいうまでもなく、『可古の島見ゆ』という結句にも、作者の主観、情緒が十分に表現されているのである。ただ全体を単純に言いきっている所が、くどくどしい歌と大いに趣を異にしているのである。

*

玉藻《たまも》刈《か》る敏馬《みぬめ》を過《す》ぎて夏草《なつくさ》の野島《ぬじま》が崎《さき》に船近《ふねちか》づきぬ（巻三・二五〇）　**柿本人麿**

同じく人麿の旅の歌である。『玉藻刈る』『夏草の』はいずれも枕詞である。『敏馬』は摂津の武庫郡今の阪神中間辺であろう。『野島』は淡路の津名郡にあり、これは離れ島ではない海浜の地名である。この歌になると、前の歌よりもいっそう記述的に見えるのであるが、前の歌に述べたように、その中にも作者の主観は一首の調子の上に表現されているのである。『敏馬を過ぎて夏草の野島が崎』という続け具合にしても、結句の『船近づきぬ』と言い据える調子にしても、そこにわれわれは作者の感情に直ちに触れ得る手懸りを、声調の上に求めることができるのである。

＊

石走《いはばし》る垂水《たるみ》の上のさわらびの萌《も》え出《い》づる春《はる》になりにけるかも（巻八・一四一八）　**志貴皇子《しきのみこ》**

作者志貴皇子は霊亀元年になくなられた方であるが、万葉集に六首のすぐれた作を残されている。前の『葦辺行く鴨の羽交に』もその一首である。

この歌はいつの作ということは明かでない。懽《よろこび》の歌と注されているから、何か目出たい時の作であろうが、それを重くとると幾分題詠的にも見られる。『石走る』は枕詞である。『垂水』は落ちる水すなわち滝であるが、摂津の地名とする説もある。『上』は「ほとり」の意味である。「滝のほとりに早蕨の萌え出す春になりましたよ」という意味である。この歌は句絶のない一首通った歌で、明快な調子を持っているが、『なりにけるかも』という結句が幾分形式的に響くのはむしろこの歌の後にしきりにこの結句が繰り返されたためであろう。万葉集の中にもこの歌よりも先にこの結句を用いた歌は一首もないようである。けれども同じ人の歌に「会ひにけるかも」などという結句もあり、この句としても別段独創的の句法でもないので、幾分この句そのものに類型的な点はあるということもいえよう。この歌は新古今集春の部に『岩そそぐ垂水の上の早蕨の萌え出づる春になりけるかな』として載せられているのであるが、一首の調子のうえに、新古今集時代の人にも快適に響く要素があったものと見ることもできる。それだけに万葉集の第一流の歌が持つような、重々と推移して行く情緒をさながらに表現しているような所は、少いともいえるのである。ついでながら志貴皇子の次の歌も、やはり取られて新勅撰集の夏の部に載せられている。

＊

神奈備《かむなび》の岩瀬《いはせ》の森《もり》のほととぎすならしの丘《をか》にいつか来鳴《きな》かむ（巻八・一四六六）　**志貴皇子**

『神奈備の岩瀬の森』は生駒《いこま》郡龍田村にあるという説もあるが、明日香にあるとすべきであろう。すでに上の鏡王女の歌にもあった所である。『ならしの丘』もその近くであろう。「岩瀬の森のほととぎすはならしの丘にいつになったらば来て鳴くであろうか」というのである。これも前の歌と同じく、明快な歌であり、単に事柄を述べたに過ぎないようにも見えるのであるが、そのうちにも作者の一つの感慨はこもっているので、作者志貴皇子の詠風を代表しているような点もあり、注意していい歌である。ことに作者の時代として見れば新生面を開いた歌であり、変化を求めた歌であると思われる。『いつか来鳴かむ』の結句はこの歌としては重味もあり、詠嘆もあって成功しているのであろう。前の鏡王女の作と比較し味うべきである。

＊

庵原《いほはら》の清見《きよみ》が崎《さき》の三保《みほ》の浦《うら》のゆたけき見《み》つつもの思《も》ひもなし（巻三・二九六）　**田口益人《たぐちのますひと》**

和銅元年に作者田口益人が上野守《こうずけのかみ》となって赴任の途中、駿河《するが》の清見崎で詠んだのである。『庵原の清見が崎の三保の浦の』と地名を重ねて言っているが、別段にうるささを感じない。すなわち庵原郡にある清見崎の三保の浦のというのである。それをそのまま歌っているのである。その三保の浦の豊かな景色を見つつ物思いもなく心豊かにいるというのである。同じ時の歌に、

昼見《ひるみ》れど飽《あ》かぬ田子《たご》の浦大君《うらおほきみ》の命《みこと》かしこみ夜見《よるみ》つるかも（巻三・二九七）　**田口益人**

というのがあるが、この方は幾分ことわりになっているが、それでも時代のために理屈ぽくなりそうなことが素直に響いている。これに比すると、初めの『ゆたけき見つつもの思ひもなし』は単純でのびのびとしていて、作者の風貌までが髣髴《ほうふつ》するように思われるのである。この作者ももちろん他に作品を残さない人であるが、この二首だけでもその人を伝えるに足るように思われる。

＊

降《ふ》る雪《ゆき》は安幡《あば》にな降《ふ》りそ吉隠《よなばり》の猪養《ゐかひ》の丘《をか》の関《せき》にならまくに（巻二・二〇三）　**穂積皇子《ほづみのみこ》**

和銅元年六月なくなられた但馬皇女《たじまひめみこ》の墓を、雪の降る日に遠望して、穂積皇子が詠まれた歌である。但馬皇女は穂積皇子に対する相聞の歌が巻二に残っている。すなわち、

秋《あき》の田《た》の穂向《ほむき》のよれる片寄《かたよ》りに君《きみ》によりなな言痛《こちた》かりとも（巻二・一一四）

後《おく》れゐて恋《こ》ひつつあらずば追《お》ひ及《し》かむ道《みち》の隈《くま》みに標結《しめゆ》へわが背《せ》（巻二・一一五）

人言《ひとごと》をしげみ言痛《こちた》みおのが世《よ》にいまだ渡《わた》らぬ朝川渡《あさかはわた》る（巻二・一一六）

である。これらの歌は、但馬皇女が高市皇子《たけちのみこ》の宮にいて、ひそかに穂積皇子を思ったことが露見して、穂積皇子は勅により近江の志賀の山寺にやられた、その前後の但馬皇女の作なのである。思いつめた心持の響いているあわれを催させる歌であるが、その但馬皇女がなくなったので、穂積皇子が悲しまれて、この作のあることは、むしろ当然のことであろう。

『安幡《あば》』はいろいろと説があって、意味のはっきりしないことばであるが、地名とする説が、この場合最も自然である。地名とすれば、それは藤原京から吉隠へ行く途中にあったのではないかと思われる。『吉隠の猪養の丘』は吉隠にある猪養の丘で、大和の国の磯城郡にある。『関にならまくに』は「道のさまたげになろうから」の意である。一首の意は、「降る雪は安幡の野には降るなよ。慕わしい皇女の墓のある吉隠の猪養の丘に通う道の邪魔になろうから」というのである。『関にならまくに』は他に用例がないのであるが、「関なくば」とか「関とび越ゆる」とかいうのは万葉にもあり、後には「関となりけり」という言い方は少なくないのであるから、降る雪を見つつ雪に埋もれ行く墓所への道筋を見やって、雪が関所となり通うことができなくなるという気持は自然であり、その関所というのは、関守が居って守る人間の造った関所というよりも、むしろ障害物という程度で感ずるのであろうから、実際の感じには自然なように思われる。『安幡』を前述のような地名に取れば、内容もいっそう単純になり、さらに感銘深い作となろう。

奈良朝前期

飛《と》ぶ鳥《とり》の明日香《あすか》の里《さと》を置《お》きて去《い》なば君《きみ》があたりは見《み》えずかもあらむ（巻一・七八）　**元明《げんみよう》天皇**

和銅三年奈良へ遷都の時、御輿を長屋の原にお留めになって、古い都の藤原の宮のあたりを眺められた時の天皇の御歌である。『飛ぶ鳥の』は枕詞である。「明日香の里を後に残して去り行ったならば、あなたの住まれるあたりは見えずにあることでありましょう」という意である。『見えずかも』の『かも』は前にいうように疑問の意味のこもっている詠嘆であるが、ここもその本の意味の疑問の要素を響かせているのである。「見えずあらむかも」とならずに『見えずかもあらむ』となっているのは、「見えずにもまあ」という、そこに詠嘆の重点を置いているので、そのために、この一首の調子は生きて来ているのである。「見えずにあるだろう」ではなく、「見えずにもまあ、あることであろう」というのである。この句あるがために、この歌は意味の上では単純に見えながら、かなり複雑な情緒を表し得ているのである。その『かも』の句の中間にあって強い詠嘆を表している様子は、前の文武天皇御製の「はたや」の用い方に類した所がある。君と言うのは天皇側近の人を指されたのであろう。

＊

わが背子《せこ》が古家《ふるいへ》の里《さと》の明日香《あすか》には千鳥《ちどり》鳴《な》くなり君待《きみま》ちかねて（巻三・二六八）　**長屋王《ながやおほきみ》**

これは明日香の京から藤原の京へ移った時の歌とも伝えられているが、やはり前の歌と同じく藤原から奈良へ遷都の時の歌と見るべきであろう。藤原の京のあったのは明日香の一部とも考え得るし、藤原に京のあった時にも住所原籍を明日香に置いた人に対する歌とも考え得るであろう。『わが背子』は親しい友人を指しているのである。「わが親しい君が古い住み荒した家のある里の明日香には千鳥がなきますよ。あなたの帰るのを待ちかねて」というのである。前の御製に比べると、歌が要領を得ており、印象もはっきりしているのであるが、あまり要領を得すぎていてどこか力の抜けているような、見透かされるような所が目立つのはやむを得ない。この歌と比べることによって、ますます前の歌の奥深いことが知れるであろう。

＊

うらさぶる心《こころ》さまねしひさかたの天《あめ》の時雨《しぐれ》の流《なが》らふ見《み》れば（巻一・八二）　**長田王《ながたのおほきみ》**

前の水島の歌のある長田王が、和銅五年夏四月伊勢の斎宮に遣わされた時、山辺の御井という処で詠まれた歌である。山辺の御井は、伊勢の国河曲郡とも壱志郡とも説かれているが後者と見るべきであろう。『さまねし』は「あまねし」である。『ひさかたの』は枕詞。『流らふ』は、「流る」すなわち「降る」である。一首の意は、「心さびしく思う気持があまねく心にみなぎって来る。天からの時雨の降るのを見れば」というのである。『天の時雨』は天から降る時雨という意味であるが、万葉集の特色ある用語の一つといえよう。時雨は今では晩秋初冬の雨と限定されるようになっているが、初めはそういう限定はなく、しばしば降る雨のことをいったのであろう。この歌は夏四月すなわち陽暦五月の歌であるから、いわゆる「卯の花くたし」などの雨のうらさびしく降るのを見つつ詠まれたのであろう。もっとも、時雨を秋冬のものと見れば時季が合わないから、この歌は長田王が作られたのではなく、古歌を誦せられたのであろうともいわれたのであるが、長田王は前にもすぐれた作のある方であるから、やはり王の作とすべきであろう。この歌は深く心持の内面を見ていると同時に、『天の時雨』というような対象をもきちんと把握している注意すべき作である。ただ『うらさぶる心さまねし』がいくぶん古樸の色を帯びて見えるので、そこにも古歌説の一根拠はありそうに見えるが、おおまかな、簡素な詠風はむしろこの長田王の特色とも見えるのである。とにかくこのころの作としては一つの特色のある作である。

＊

軽《かる》の池《いけ》の浦《うら》み行《ゆ》きめぐる鴨《かも》すらに玉藻《たまも》のうへに独《ひと》り寝《ね》なくに（巻三・三九〇）　**紀皇女《きのひめみこ》**

いわゆる譬喩《ひゆ》の歌であって、物に託して心をのべているのである。作者紀皇女はひそかに高安王に嫁し、そのため高安王は伊予の国守に左降されたという事実もある方であるから、この歌などもただ鴨に寄せて思いをのべるだけでなく、根底には御自分の実際の感情が働いているのであろう。『軽の池』は大和の高市郡軽（今の畝傍《うねび》町の辺）の地にあった池であろう。「軽の池の入くみを行きめぐる鴨さえも藻草の上に独りは寝ないというのに」という意である。『に』は前にもいうように詠嘆のことばであって、この歌の場合も、綿々尽きない情感が、この一語に託せられているように響く。歌の裏には、いうまでもなく、夫に別れてさびしく独り住んでいる手弱女の心を寓しているのであるが、譬喩歌であるから、それをあからさまにはいわないのである。

万葉集の譬喩歌と称するものは、すべて恋愛歌である。もちろんどんな心情を譬喩によって歌ってても譬喩歌といっていいわけであるが、万葉時代の人はただ恋愛感情にのみ譬喩を求める必要を感じていたのであろう。譬喩を用いた諷刺の作も万葉集中には存在するが、それらは雑歌の中に入れられていて、譬喩歌としては分類されていない。

＊

わが命《いのち》しま幸《さき》くあらばまたも見《み》む滋賀《しが》の大津《おほつ》に寄《よ》する白波《しらなみ》（巻三・二八八）　**穂積老《ほづみのおゆ》**

作者穂積老は養老六年佐渡が島に流されたことがあるが、これもおそらくその時の作であろうと思う。『滋賀の大津』はすなわち今の大津のあたりをいうのである。「わが命が無事であったならば再び見ようよ。この滋賀の大津に寄せる白波を」というのである。古い有間皇子の『ま幸くあらばまた帰り見む』という歌を思い出させる歌であり、作者もおそらくは皇子の歌が心の中にあって、模倣するという意識はなしに、自然とその調子が出てきたものと思われる。もちろん、有間皇子の御作には時の前後ということを外にしても及ばないのであるが、どこかに哀調があり、真率な心の響があって捨てられない歌である。

＊

天地《あめつち》を嘆《なげ》き請《こ》ひ禱《の》み幸《さき》くあらばまた帰《かへ》り見《み》む滋賀《しが》の唐崎《からさき》（巻十三・三二四一）　**穂積老**

これは同じく穂積老の歌であるが、明らかに佐渡配流《はいる》の時の作と伝えられている。前の歌と同じく、琵琶湖《びわこ》を船で通って行く時の作であり、内容も句法も似通っているのであるが、『天地を嘆き請ひ禱み』という一、二句は、おそらく作者一生懸命の句であろう。真率の心は前にも述べたように、この歌にも十分に見て取ることができるのであるが、この『天地を嘆き請ひ禱み』の句にはそれが十分に現されており、平凡なやさしそうに見える句ではあるが、なかなか実際その場に至らなければ得られない句であろうと思う。人間は、いよいよの場合になると、精神活動が高潮してきて、いつでも相当の仕事を残し得るものであるが、それは歌の上でも全く同一であるということを、この二首などで示しているようにみえる。

＊

田子《たご》の浦《うら》ゆうち出《い》でて見《み》れば真白《ましろ》にぞ不尽《ふじ》の高嶺《たかね》に雪《ゆき》は降《ふ》りける（巻三・三一八）　**山部赤人《やまべのあかひと》**

赤人のこの歌も、持統天皇の『春過ぎて』の御製と共に、最も広く人に知られている歌の一つである。これは長歌の反歌であるが、むろん独立して味えるのである。『田子の浦ゆ』の『ゆ』は「より」の意味である。すなわち、「田子の浦から見晴らしのきく広々とした所に出て見ると、真白に富士の高嶺に雪は降っている」というのである。雪が降るというのも、今現に降っているのもいうが、雪の降った結果として雪の残っていること、雪の積っていることにも用いるのは常のことである。田子の浦は、前の田口益人の歌にも見える駿河の名所であるが、現在の由比、蒲原の間の入江とそれに沿う部落をいったものであろう。そこを出発して東へ向かい、七難坂を越えると、急に眼界が開けて、富士川を前にした富士山の全景が一目に見渡される所に出る。それがすなわち『田子の浦ゆうち出でて見れば』にあたるわけであろう。

この歌は赤人の詠風の一面を代表するものであるが、必ずしも赤人の歌はこういう一面ばかりでないのであり、むしろ赤人の歌のうちでも新しい傾向と見ていいのかもしれない。赤人の全体の歌風としては、著しく人麿に似通っていることは、後の機会に説く如くである。

この歌はいわゆる客観的であり、明快であり、透明であること、志貴皇子の歌風などと似た所が多いのである。人麿やそれ以前の作になると、客観的な、あるいは具象的なという点では決して後代のものに劣らないので、直線的の記述に過ぎないように見えるほど客観的の作の多いことはすでにしばしばくり返していった所であるが、一首を構成するところにある未知の力、迫力のようなものが働き、場合によれば、語法なり論理的関係なりの無理を押し切って進む所があり、底に潜んだ力が表れようとして波をかき立てるような趣があるのであるが、赤人の作になると、次第にそういう無理が目立たなくなり、したがって障害に出会って始めて存在を現わす力を感じさせる点が、次第に少くなっているかと思う。この歌なども、名歌中の名歌として認められ、それはうべなえるのであるが、どこか今いうような不満もあるのである。

*

富士《ふじ》の嶺《ね》に降《ふ》り置《お》ける雪《ゆき》は六月《みなづき》の十五日《もち》に消《け》ぬればその夜《よ》降《ふ》りけり（巻三・三二〇）　**高橋虫麿《たかはしのむしまろ》**

富士《ふじ》の嶺《ね》を高《たか》みかしこみ天雲《あまぐも》もい行《ゆ》きはばかりたなびくものを（巻三・三二一）　**高橋虫麿**

同じく富士山を詠じた歌の反歌であるが、後の一首だけが虫麿の作で、前のは作者未詳であるという説があるが、二首ともまた長歌も共に虫麿の作と見えないことはない。「富士の嶺に降り置いた雪は、六月十五日に消えればすぐその夜降った」「富士の嶺が高いのでまた恐しいので天を行く雲も行きはばかってたなびいているよ」というのである。赤人の作に比べると、赤人のは実景に即してありのままに叙しているのであるが、これは富士山の雪は夏の最中まで残り、消えればすぐ降るという風に、富士山の高いという事実を巧みに概念化しているのである。六月十五日というのも、夏の最中という概念としてであって実感ではない。次の歌の『天雲もい行きはばかりたなびく』というのは、実景のように見えるけれども、それを『高みかしこみ』と概念化していることは、前の歌と同一であって、赤人の歌とは全く行き方を異にしているのである。同じ富士の山を眺めても、これほどまで違った受け入れ方があるものかと思われるほど、違っているのである。前に赤人の歌にも、不満のあることを述べて置いたが、そういう不満は、この虫麿の歌などに出会うと、赤人に対してもったいないことだとさえ思われる。万葉集にも、決して概念化を加えた歌がないというのではなく、また概念化はいかなる程度のものでも許せないというほど固苦しく考えるのではないが、この歌のように『六月の十五日に消ぬればその夜降りけり』というように、余りに巧みを弄しているのを見ると、作者の歌に対する態度というものを疑う気持にもなるし、また万葉の昔においてすでにこういう迷路も開けており、そこに踏み入る歌人もあったことを思えば、作歌の道のいかにむずかしいものであるかということが、思い知らされるようにも感ぜられるのである。

＊

我《われ》も見《み》つ人《ひと》にも告《つ》げむ葛飾《かつしか》の真間《まま》の手児名《てこな》が奥津城処《おくつきどころ》（巻三・四三二）　**山部赤人**

赤人が東国に行った時の歌である。すなわち伝統的に当時すでに有名であった葛飾《かつしか》の真間《まま》の手児名の墓を通り過ぎた時の歌である。この歌も作られた年月は明かでないが、前の富士山の歌などと同じ時の赤人の旅中などの作であろう。一首の意は、「自分も見た。人にも告げよう。この葛飾の真間の手児名の奥津城処を」というのである。富士山の歌などよりもさらに直線的で、中皇命の『我が欲りし野島は見せつ』の歌とか、中大兄の『立ちて見に来し印南国原』とかいう古い名作を思い起させるような詠み方であるが、時代のためか、作者の力量のためか、あるいはその他のどんなためであるかは知らないが、作品そのものの価値には相当のひらきのあることは、否めないであろう。すなわち古名作の如くに、直線的な言い表しの底からおのずからに湧き上る感激のたぎちのようなものが、欠けているのである。赤人の作にも割合に情緒のこまやかな作があるのであるが、力強さと二つを兼ね備えるまでにはいっていないのではないかと思われる。

＊

沖《おき》つ島《しま》荒磯《ありそ》の玉藻《たまも》潮干満《しほひみ》ちて隠《かく》らひぬれば思《おも》ほえむかも（巻六・九一八）　**山部赤人**

神亀元年冬十月紀伊の国へ行幸の時の作歌である。「沖の島の荒磯の玉藻が、潮干が満潮に向って来て隠れてしまったらば、恋しく思われることであろう」というのである。『潮干満ち』はくどいいい方であるが、感じを捉えていることばであると思う。もっともこの句にはただ「しほみちて」と訓ませる説もあるのである。それならばことばとして無理はないが、『潮干満ち』の如く一種の複雑な感じや景色が浮かんで来ないことになる。『隠らひぬれば』は「かくれたならば」というのである。「隠ろひゆけば」とも訓まれている。『思ほえむかも』というのは玉藻がである。潮干の磯に玉藻を刈り遊んで、なお飽き足らない心持であろう。おだやかで整った一首である。

＊

和歌《わか》の浦《うら》に潮満《しほみ》ち来《く》れば潟《かた》を無《な》み葦辺《あしべ》をさして鶴《たづ》鳴き渡《わた》る（巻六・九一九）　**山部赤人**

前の歌と同じ時の歌である。『和歌の浦』は、今も名所として人の知るところである。「和歌の浦に潮が満ちて来ると、干潟がなくなるので、葦の生えている岸の方を指して、鶴が鳴き渡る」というのである。今の作歌の立場から考えれば、これだけの叙景をするならば、もう一歩細かい具体的の描写があってもよい。あまりに概括的だというようにも思われるのであるが、実際和歌の浦の景色に臨んで立って見るというと、あのわりあいに複雑な海陸の景観の中に、潮満ち来り鶴鳴き渡るという景物のさらに加えられてきた時に、ただ『和歌の浦に潮満ち来れば』とのみ単純に言いきってしまい、「潟をなみ」と幾分去来する心の跡を存して直ちに『葦辺をさして鶴鳴き渡る』と続けてしまい得ることは、やはり一つの態度であり、作者の力であるという風にも思われるのである。これ以上細かい具体的のものを捉えてきて一首をなし得るということは、もちろん可能であり、そこになお変化して行き得る歌の世界がきわまりなく見えるのであるが、それと同時に、これもまた一つのものであると満足し得る気持も動くのである。

＊

皆人《みなひと》の命《いのち》も我《われ》もみ吉野《よしぬ》の滝《たぎ》の常磐《ときは》の常《つね》ならぬかも（巻六・九二二）　**笠金村《かさのかなむら》**

神亀二年夏五月、吉野離宮に行幸した時の金村の歌である。一首の意は、「世の多くの人々の命もまた自分も、このみ吉野の急流に臨んだ常磐のように、常に変らずありたいものだ」というのである。『常磐』は常岩《とこいわ》、すなわち永久に変らぬ巌ということである。吉野の川の景色の美しきにつけて、その常磐に寄せて、従駕の人または自分の上をもことほぐ意であろう。

金村は赤人の同時代者であり、幾分先輩と見える人であるが、歌は赤人よりいっそう明快であり、いっそう透明であり、そしてまたいっそう重みが足りないように思われる。この歌なども整備した格式のうちに『滝の常磐の』という序詞ではあるが、具体的のものを持ち来って印象を強めるという手腕は認められるのであるが、結局形式的であるという事に落ち着くのではないかと思う。同じ時の赤人の次の作などと比較しても、思い半ばに過ぎるものがあろう。

＊

み吉野《よしぬ》の象山《きさやま》のまの木末《こぬれ》にはここだもさわぐ鳥《とり》の声《こゑ》かも（巻六・九二四）　**山部赤人**

前の金村の歌と同じく、神亀二年五月、吉野の離宮に行幸の時の赤人の歌である。『象山』は今もその名づける山が、吉野川の宮滝すなわち昔の「滝の河内」の近くにあるのであるが、果してそれが昔の象山であるか否かは分らない。「み吉野の象山の山の所の木立の梢には沢山にまあ騒いでいる鳥の声であるなあ」という意である。『かも』はここでは疑問の意味は少しもなく、単純な詠嘆として用いられている。赤人の作も、これらのものになると、情緒の流れが十分に表現されていて、しかも的確に対象を捉えているのであるから、赤人もまた万葉集作者としては古人の説くように、第一流に品等されてよい歌人であること言うまでもあるまい。

＊

ぬばたまの夜《よ》のふけぬれば久木生《ひさぎお》ふる清《きよ》き川原《かはら》に千鳥《ちどり》しば鳴《な》く（巻六・九二五）　**山部赤人**

同じ時の歌である。『ぬばたまの』は枕詞。『夜のふけぬれば』という所は「夜のふけゆけば」という訓み方もあるが、この方が穏かなように思われる。「夜がふけるというと久木の生えている清い川原に千鳥がしきりに鳴く」というのである。久木は「アカメガシワ」という木だと考証されている。しかし、万葉集では、柴、雑木の意味で用いられていると考えられる。千鳥は、今は俳句などでは冬のものということになっているが、これはもちろんそう限定されたものとして感ずる必要はない。現にこの歌は夏五月（太陽暦の六、七月）と明記されている歌である。久木をある一種類の木を指すものとすれば、久木の生えているのが夜ふけに見えるのであろうかというような疑も生ずるのであるが、雑木とすれば、そうした疑もなく、きわめて自然に理解される。それにしても、この歌はおそらく月夜の歌であって、『清き川原に』という感じも、そこから来ているのであろう。いったい、物の名の穿鑿《せんさく》は、作者の実際感情の由って来る源をつきとめたいという態度からは、大いに必要のこともあるのであるが、一歩過ればただの穿鑿に落ちてしまって、歌を味うという上からは益するところのないのみならず、本道を失ってしまうということもあるのである。千鳥なども面倒なもので、現在でも千鳥と名づけられる鳥は数種あるということである。われわれは、チチとなく鳥だというくらいを知っていれば足りるように思う。

この一首も、前の歌と共に、赤人の歌としては極めて出来のいい作で、叙景の行き届いていることはいうまでもなく、二句から三句四句へかかってゆく声調の流れのうちには、深い詠嘆の心が蔵せられているように思う。

*

行《ゆ》きめぐり見《み》とも飽《あ》かめや名寸隅《なきすみ》の船瀬《ふなせ》の浜《はま》にしきる白波《しらなみ》　（巻六・九三七）　**笠金村《かさのかなむら》**

神亀三年九月、播磨の国印南郡に行幸のときの金村の歌である。『名寸隅』というのは、今の明石郡大久保魚住だといわれているが、もちろん明かではない。『船瀬』は船が碇泊する所である。「行きめぐり幾度見ても飽き足らず、なおもなおも見たいのである。この名寸隅の船瀬の浜にしきりに寄せて来る白浪は」という意である。『行きめぐり見とも飽かめや』は、幾分くどくも感ぜられるのであり、『名寸隅の船瀬の浜にしきる白波』という名詞句は、幾分調子の甘美に失する嫌はあるが、その割合には据っていて、『しきる白波』の頭韻句も嫌味なく、細かい感情をも捉えているところがあるのである。金村の歌風としては、ここらは頂点ではあるまいかという気がする。

＊

島隠《しまがく》りわがこぎ来《く》れば乏《とも》しかも大和《やまと》へ上《のぼ》る真熊野《まくまぬ》の船《ふね》（巻六・九四四）　**山部赤人**

赤人は、同じく神亀三年九月のこの行幸にもお供して、歌をのこしたのであるが、これもおそらくその時の歌であろうと思われる。「島陰にかくれて船をこいで来ると、ものさびしくも見えることであるよ。大和の方へこぎのぼって行く真熊野の船が」というのである。『真熊野の船』は、熊野は船の出来る処であるから、熊野出来の船ということであろう。当時にあっては呼び慣らされた名称であったものと思われる。

この歌は『乏しかも』で一寸切れるので、三句絶の如くになっているが、もちろんその切れ方は後世の三句絶ほど明瞭ではない。前の『麻裳よし紀人乏しも』という歌とはどこか感じの似通った所があって、旅ゆく人のさびしい心を会う人、見るものに寄せて、わずかになぐさめるあわれさが汲まれるのであるが、この歌は前の歌よりは内容が複雑になってきて、そこに同じ気持ながら形の変化を認めることができるのである。

＊

阿倍《あべ》の島鵜《しまう》の住《す》む磯《いそ》に寄《よ》る波《なみ》の間《ま》なくこのごろ大和《やまと》し思《おも》ほゆ　（巻三・三五九）　**山部赤人**

赤人の旅行の歌で、いつの歌とは明かでないのであるが、地名などから推すと、前の印南の行幸の時の歌と考えられる。

『阿倍の島』は摂津、今の大阪の阿倍野のあたりであろうと説かれているが、播磨の今、加古郡阿閉村のあたりであろう。「阿倍の島の鵜のとまっている磯に寄って来る波の間なくしばしば寄るように、このごろ大和のことがしきりに思われる」というのである。『間なく』まではいわゆる序歌である。もちろんこの序は、眼前に見るところの景色を直ちに取って序歌に利用したのであろう。序歌は技巧が末梢的になると、救うべからざるものになるのであるが、この歌などは、それほど弊害を思わせない序である。どこか作者の実感にもとづいているところが、自然にそうなったのであろう。

赤人には、この歌に見るような一面弱々しいと見えるほどの抒情的な感傷的な作もあるので、赤人を客観的の作風というように考えるのは、実際の作品にあたって見れば、すぐに間違っているということが分るのである。感傷的ではあるが、この歌などはどこか一首を貫くものがあって、捨てがたい作であることはいうまでもない。

*

ひむがしの市《いち》の植木《うゑき》の木《こ》だるまで会《あ》はず久《ひさ》しみうべ恋《こ》ひにけり（巻三・三一〇）　**門部王**《かどべのおほきみ》

この歌の作者門部王は、養老三年に伊勢守となり、また出雲守ともなり、また天平六年の歌垣の頭となり、天平九年には家に宴を開いて歌を残したりした人で、他にも数首の作がある。後に臣籍に降り、大原真人《おおはらのまひと》門部と称した。『ひむがしの市』は文武天皇の大宝二年に東の市、西の市を開いたということが伝えられているが、この歌は奈良時代らしいから、奈良の東の市であろう。奈良市の南辰市村にその址があるという。『市の植木』は今の街路樹のようなものであろう。『木だる』は「茂る」という意味にとるべきであろう。一首の意は、「東の市の植木が茂るまで会わずに久しくなったので、まことに恋しく思われた」というのである。『木だるまで』は一年の茂りをいうのであるか、また数年間の樹木の成長して茂るのをいうのであるか、問題になるのであるが、ここは一年間の季節の移りを感じての歌と解すべきであろう。『うべ恋ひにけり』は、前の持統天皇の御製の結句『われ恋ひにけり』などよりも、心の働き方を細かく表そうとしているのであろうが、そのために調子が弱くなっているということはやむを得ない。『うべ』は「まことに」という意味であるが、そこに詠嘆の託されていることも、『はたや今夜も』の『はたや』

などと似た所がある。
この歌は、市の木を詠じたという題詞になっているので、市の植木が主になった題詠の歌のようにも解き得られるかもしれないが、それにしても作者はもちろん恋愛感情の内に動くものがあって、相聞の歌としての心持を十分にこめて作ったのであろうと思う。全体の調子に幾分よそよそしい弱いところのあるのは、作者の力の足りないためである。それにしても、

橘《たちばな》の蔭《かげ》ふむ路《みち》の八《や》ちまたにものをぞ思《おも》ふ妹《いも》に会《あ》はずて（巻二・一二五）　**三方沙彌《みかたのさみ》**

という歌は、持統天皇の時代の歌であり、有名な歌であるが、どこかしなを作ったところが目につく歌であるが、この門部王の歌にかえってそういうところはないのである。ついでながら三方沙彌の歌は、「橘を並木として植えた、その蔭をふみ行く道の幾つにも別れているように、さまざまに心が分れ迷って思うことかな。妹に会わずにいて」という意味で、『八ちまた』までは実際の景色でなく序歌なのである。

*

世《よ》の中《なか》は空《むな》しきものと知《し》る時《とき》しいよよますます悲しかりけり（巻五・七九三）　**大伴旅人《おおとものたびと》**

神亀五年六月、太宰帥《だざいのそち》として筑紫に在った大伴旅人が、妻の大伴郎女《おおとものいらつめ》の死に会っての作である。「世の中は空《くう》なものであると知るときに、いよいよますます悲しくあった」というので、意味は

この上もなく単純なのであるが、きわまる所のない感慨はことばと共に流れ出て、おのずからにして一首を成した観がある。旅人は万葉集中でも注意すべき作者であることはいうまでもないのであるが、この一首を見れば、よく人麿時代よりも前の古体に出入する所があって、歌人としての力量というよりも、むしろ人間としての強みを感じさせるような所の見える歌である。

＊

妹《いも》が見《み》し楝《あふち》の花《はな》は散《ち》りぬべしわが泣《な》く涙《なみだ》いまだ干《ひ》なくに（巻五・七九八）　**山上憶良《やまのうえのおくら》**

山上憶良が妻の死を悲しんでの歌であるが、実は憶良自身の妻の死を悲しむのではなく、前の旅人の妻の死を代って悲しんでいるのだという説もある。憶良はしばしば他人のために代って歌を作っている人であるから、それもあながちな説とはいえないと思う。ことに旅人が太宰帥であるに対して、憶良は筑前守としてその下についていたのであり、太宰府における旅人の数年間、憶良は常にその風雅の友であり、旅人に多くの作歌があるのは、憶良の刺戟によるのではないかとさえ思われる関係にあるのであるから、憶良が旅人のために悲しみの歌を作っているということは、極めて自然のように思われる。憶良が人のために作った歌は、なかなか行き届いており、皆相当の作なのであるが、それでも憶良自身の嘆きをのべたものとは、へだたりのあることは免れないのである。この作および共に作った短歌四首と長歌一首とはなかなか出来がよいので、憶良自身が妻を失ったという説も否定すべきほどの論拠を見ないのであるが、やはり旅人のための挽歌ということに結局落ち着くのではないかと思われる。

『楝』は今「せんだん」と呼ばれている喬木で、東京以西ことに九州で多く目に立つ木であり、五月中旬ごろから薄紫の花の群り咲くさまは、今でも九州の一景観である。一首の意は、「妻が見た楝の花は散ってしまいましょう。私の泣く涙がまだかわかないのに」というのである。これは明かに三句絶の句法である。上句は捉え得ているのであるが、ただ『散りぬべし』の『べし』の用法や、下句の『わが泣く涙いまだ干なくに』と少しく形式的に言ってしまっているのは、一首の迫力を弱めているともいえるであろう。代作の問題等は結局帰結する所を知らないであろうが、少くともこの歌を前の旅人の歌に比すると、その真率至純には及ばぬ所があるということだけは断言できよう。

*

昨日《きのふ》こそ君《きみ》はありしか思《おも》はぬに浜松《はままつ》の上《うへ》に雲《くも》とたなびく（巻三・四四四）　**大伴三中《おおとものみなか》**

天平元年摂津の国の班田史生丈部龍麿《はんでんのししようはせつかべのたつまろ》というものが縊死《いし》した時に、上役の大伴三中が作ったのである。「昨日は君は丈夫でおられたのに、思いがけぬに今日は浜松の上に雲となってたなびく」というのである。『あり』はここも「生きいる」意に用いられている。『雲とたなびく』は死骸を火葬にする煙のことをいうのであろう。人麿の歌にも、

隠口《こもりく》の初瀬《はつせ》の山《やま》の山《やま》のまにいさよふ雲《くも》は妹《いも》にかもあらむ（巻三・四二八）　**柿本人麿**

山《やま》のまゆ出雲《いづも》の児等《こら》は霧《きり》なれや吉野《よしぬ》の山《やま》の嶺《みね》にたなびく（巻三・四二九）　**柿本人麿**

などの歌があって、それは明かに火葬の時の歌と伝えられている。この歌は右の人麿の歌などが心の中にあって、幾分それを模倣しているのであろうが、『昨日こそ君はありしか』といい、『思はぬに』といい、普通ならば理屈ぽく聞えて来る歌であるのに、そういう欠点が目立たないのは、歌が軽いけれども心持を飾っていないがためであろう。『昨日こそ君はありしか』の句などは、複雑な人事のいきさつを単純にいいきって、なかなかあわれ深く響くのである。

＊

我妹子《わぎもこ》が見《み》し鞆《とも》の浦《うら》のむろの木《き》は常世《とこよ》にあれど見《み》し人《ひと》ぞ亡《な》き（巻三・四四六）　**大伴旅人《おおとものたびと》**

天平二年の冬十二月、作者大伴旅人は中納言太宰帥から大納言に任ぜられて上京の途に上ったのであるが、筑紫で没した妻大伴郎女《おおとものいらつめ》のことを心に深く悲しんでいたのである。鞆の浦を通った時に、前に妻を伴って赴任の途中、この地を見たことを思い出して詠んだのが、この歌である。『むろの木』というのは今の「ねずみさし」だといわれているが、イブキビャクシンなどもいうのであろう。今日でも瀬戸内海の海岸や島に見られる木である。一首の意は、「妻が見た鞆の浦のむろの木はいつまでも変らずにあるけれども、見たその人はいない」というのである。『常世』は「いつまでも変らぬ世」「永久不変」という意である。

＊

鞆《とも》の浦《うら》の磯《いそ》のむろの木見《きみ》む毎《ごと》に相見《あひみ》し妹《いも》は忘《わす》らえめやも（巻三・四四七）　**大伴旅人**

同じ時の連作の一首である。「鞆の浦の磯に生えているむろの木を見る度毎に、一緒にそれを見た妻は忘れられようか、忘れられぬ」というのである。『相見し』は「相会う」という意味に用いるのが普通であるが、ここは相共に見たという意に用いたのであろう。

旅人の妻の死を悲しむ歌は、前に説いたが、この二首は死後時を経て止まぬ旅人の悲しみが、妻と共に見た景物に再び遭遇するということによって、さらに燃え上って歌となったのである。旅人の歌は前にも述べたように、真率なところがあって、旅人の人生に対する態度がどんなものであったかということを思わせるような調子が、どの歌にも見られる。

＊

妹《いも》と来《こ》し敏馬《みぬめ》の崎《さき》を帰《かへ》るさに独《ひと》して見《み》れば涙《なみだ》ぐましも（巻三・四四九）　**大伴旅人**

行《ゆく》さには二人《ふたり》わが見《み》しこの崎《さき》をひとり過《す》ぐれば心悲《こころかな》しも（巻三・四五〇）　**大伴旅人**

この二首はさらに航海をつづけて、船が敏馬の崎を過ぎる時の作である。二首とも意味は明かであるが、『涙ぐましも』とか、『心悲しも』とか主観的の言葉を用いてむしろ平凡ないい方をしているのであるが、決してことばだけにならず、どこか作者の生活からしぼり出される奥底の声のように思われるところがある。それは一首が平淡のように見えても、『妹と来し敏馬の崎』とか『行くさには二人わが見しこの崎』とかいう風に、具体的なものにきちんと足場を取っていることにもよるのであろう。

＊

わが盛《さかり》またをちめやもほとほとに奈良《なら》の都《みやこ》を見《み》ずかなりなむ（巻三・三三一）　**大伴旅人**

旅人が太宰府に在任中の作であろう。奈良の都の花やかな生活を離れて、筑紫の果てに世間的の不満を抱きながら心楽しまずに日を過しておったろうと思われる旅人を考えて見てもよい。一首の意は、「私の年の盛りがまた若返ることがあろうか。それは不可能のことである。おそらく奈良の都をば見ずになってしまうことであろうか」というのである。『をち』は若返ることをいうのである。『ほとほとに』は「ほとんど」「おおよそ」の意である。一首の中に旅人の生活がこもり、短歌でよくこれまであらわされるものだと思われるほどに、現れているように思う。『見ずかなりなむ』の結句のあわれ深い響など、幾度も繰り返してますます深くしみとおるのを覚える。

＊

わが命《いのち》も常《つね》にあらぬか昔見《むかしみ》し象《きさ》の小川《をがは》を行《ゆ》きて見《み》むため （巻三・三三二） **大伴旅人**

同じく旅人が太宰府にあっての歌の一つである。『象の小川』は、吉野川の一部分をいうのであろう。あるいは吉野川の一支流だともいわれている。前に象山というのがあったが、それと相関連してその附近の一渓流だというのである。なお旅人には神亀元年吉野宮に行幸の時お供して、

昔見《むかしみ》し象《きさ》の小川《をがは》を今見《いまみ》ればいよよさやけくなりにけるかも （巻三・三一六） **大伴旅人**

の詠があるから、彼にとっては空なる名所ではなく感慨の深い土地なのであろう。土地や人その他何物でも、作者に特殊の経験上の連りのあるものをその経験を暗示させるような意味で歌の中に持って来ることは、歌をくどくし、歌をいわれ因縁めかしくして低級にするものである。故事来歴のある歌には、真実のあるよい歌は少い。しかし作者に特別の感慨のある地名などを、そう

いういわれ因縁に関係なしに、計画企図なしに、自然に歌詞中に指示するのは、意味に頼らずに案外その作者の感慨が流露するものである。意味に頼らない枕詞の収める効果と幾分似通ったような結果をもたらすことがある。旅人のこの歌なども、象の小川と旅人との前述の如き特殊の関連は、もちろん歌を味うには用のないことであり、そういう関連を考慮しなくも、どこかにこの歌には作者の気持の響いているところがあるように思われる。一首の意は「自分の命がいつまでも変らずにあってくれればよいがなあ、昔見た象の小川を行って見ように」というのである。

＊

験《しるし》なき物《もの》を思《おも》はずば一坏《ひとつき》の濁《にご》れる酒《さけ》を飲《の》むべくあるらし（巻三・三三八）　**大伴旅人**

旅人の「酒を讃める歌」十三首中の一首である。この酒を讃める歌は非常に有名になって万葉集に興味を有するものも、有しないものも、酒を好む者も、酒を好まない者も、これを口にするというほどであり、したがって旅人の代表作のように思われ、歌人旅人は酒の歌あるによって存在の価値があるように思われるほどであるが、旅人の歌人としての真価は、酒の歌などより以外の作にあることは、今まで述べてきたとおりである。酒の歌十三首は、むしろ即興の歌であって、その価値も即興的軽妙の点に置かれるのである。酒の歌の中にはいくぶん思想的背景というようなものもあるのであるが、もともと即興の歌であるので、それを深い思想なり作者の人生に対する態度なりの問題として取り上げるには足りない。そういう用意をもって向わないと、この酒の歌からは、いろいろ見当違いの結論が引き出されることになるかもしれない。「何の効能もない物思いに堪えられないなら、一ぱいの濁り酒を飲むべきであろう」というのである。思いつきにしても極めて軽い思いつきであり、この歌が即興から成り立っていることは、直ちに明かであろう。

*

賢《さか》しみと物《もの》いふよりは酒飲《さけの》みて酔泣《ゑひなき》するしまさりたるらし　（巻三・三四一）　**大伴旅人**

同じく酒の歌の一首である。一首の意は、「利口そうにして物を言うよりは、酒をのんで酔い泣きする方がまさっているであろう」というのである。『賢しみと物いふよりは』というのは諷刺であるが、諷刺は決して他人にのみ向けられない。その相手の中には自分をも含むことがしばしばである。この歌なども、自嘲の分子が相当含まれているのではないかと思う。そう見ると、即興歌としては、万葉集中ではやはり特色あるものであり、巻十六あたりの諷刺滑稽歌、

童《わらは》ども草《くさ》はな苅《か》りそ八穂蓼《やほたで》を穂積《ほづみ》の朝臣《あそ》が腋《わき》くさを苅《か》れ　（巻十六・三八四二）　**平群朝臣《へぐりのあそん》**

何所《いづく》にぞまそほ掘《ほ》る丘薦畳平群《をかこもだたみへぐり》の朝臣《あそ》が鼻《はな》の上《うへ》を掘《ほ》れ　（巻十六・三八四三）　**穂積朝臣《ほづみのあそん》**

などの全く外面的なことばの洒落に終始し、くすぐりとも見える程度のものであるのに比すれ

ば、旅人の作ははるかに進んでいると思う。

平群朝臣の歌は「子供達よ、普通の草は刈るなよ。八穂蓼を（枕詞）穂積朝臣の腋草（腋毛とも説かれているが穂積朝臣はわきくさ即ちわきがの病であったのでそれを揶揄《やゆ》しているのであろう）を茹れ」であり、穂積朝臣の歌は「どこが赤土をほるによい丘であろう。それは薦畳（枕詞）平群の朝臣の鼻の上がよいからそこをほれ」というので、これはわきがを笑われたに対して、相手の赤鼻病を笑いかえしているのである。

＊

生《い》ける者《もの》つひにも死《し》ぬるものにあればこの世《よ》なる間《ま》は楽《たぬ》しくをあらな（巻三・三四九）　**大伴旅人**

同じく酒の歌の一首である。「生きているものはついには死ぬものであるから、この世にいる間は楽しくありたい」というのである。「思うにし（または恋ふるにし）死にするものにあらませば」というような、単純素樸な考え方が一般に行われていたと思われる万葉集の時代にあっては、『生ける者つひにも死ぬるものにあれば』は、思想といえば言えないこともあるまいが、それは決してその思想そのものを取り上げて云々すべきほどのものでないことはいうまでもない。この歌にしてもわれわれに訴えるのは「生者必滅」という思想でもなく、『この世なる間は楽しくをあらな』という旅人の人生観でもない。ただそういうことをいっている旅人の一種哀愁の心が歌の上に響いているところである。酒の歌は、決して旅人が自分の思想を述べたものでもなく、自分の人生に対する態度を宣言したものでもない。即興の中に自分の感慨を述べているのである。たまたまこの歌などになると、表面的の即興をこえて作者の内心の哀愁がある点まで響き出ているので、その点がわれわれの心を捉えるのである。旅人は前にも評したように、彼の作品から帰納すると、つまりは真率至純の人なのである。

*

沫雪《あわゆき》のほどろほどろに降《ふ》りしけば奈良《なら》の都《みやこ》し思《おも》ほゆるかも（巻八・一六三九）　**大伴旅人**

旅人が太宰府にあって雪の降る日に京を思っての歌である。旅人の本然はこういう簡素純粋の歌になるともっともよく現れる。前の『いよよますますかなしかりけり』についていったように、こういう歌になると、旅人は万葉集初期のいい所をそのままに伝えているところがある。『ほどろほどろに』は、雪の降る様を擬声形容したことばであろう。意味からいえば「ぽたりぽたり」などというのと近そうであるが、語感が著しく違っているのは、この言葉を生み出した作者の降る雪に対している心持にもとづくものであって、それは決して「ぽたりぽたり」となどと感じなかったのであろう。

＊

しらぬひ筑紫《つくし》の綿《わた》は身《み》につけていまだは着《き》ねど暖《あたた》けく見《み》ゆ（巻三・三三六）　**沙彌満誓《さみまんぜい》**

作者沙彌満誓は、造筑紫観世音寺別当として、旅人、憶良等と同じころ筑紫におった人である。『しらぬひ』は枕詞。『綿』は「真綿」である。筑紫は真綿の産地で税金の代用にもしたことが古くから伝えられている。この歌は、綿の積んであるのを見ての作であろう。一首の意は「筑紫の綿は身につけてまだ着ないけれども、見るからに暖かそうに見える」というのである。『いまだは着ねど暖けく見ゆ』というのは平凡な句ではあるが、落着いた気持のこもった句である。ただ綿を積んでいるのを見て、それに対する極めて単純な情趣を歌とするようなことは、かなり進んだやり方であるが、こういう歌が万葉集の中に見えるのは注意すべきであろう。もっとも自然に対する心持を余り細工を加えずに、そのまま表すというやり方は、古い時代からの万葉の歌の一つのやり方であるから、そういうものから、心の持ち方がだんだん内面的になり、細かくなって、こういうものを生ずるに至った道筋を考えると、決してこの歌が突然に生れたとは見られないのである。

この歌はあまり単純で対象をありのままに歌っているから、あるいはこの時代の常套手段たる譬喩歌または寄物陳思《きぶつちんし》の歌、すなわち物に言い寄せて内の思いを述べるやり方、もちろんそれは恋愛感情を表すのであるが、そういうものではないかと思われる点もある。作者満誓は笠朝臣麿《かさのあそみまろ》といい、美濃守などにも任ぜられ、治績の上った人で、正式の戒律による僧侶ではなく沙彌という階級である。ことに筑紫にあって、土地の女に子供を生ませたというような事実もあり、他にも恋愛歌があるから、以上のような考えも起り得るのであるが、この歌は結局そういうあなぐりをやめて、対象に対する単純な一情趣を歌っているものと解釈する方が、歌も面白くなるし、「綿を詠んだ歌」という伝に忠実に従うことにもなってよいのであろう。

＊

世《よ》のなかを何《なに》にたとへむ朝《あさ》びらきこぎ去《い》にし船《ふね》の跡《あと》なきごとし（巻三・三五一）　**沙彌《さみ》満誓《まんぜい》**

同じく満誓の歌であるが、これは明かに一つの思想を持っていて、それを歌に表そうとしての意図があっての作であろう。ただ、『世の中を何にたとへむ』と明らさまに歌ってしまって、曖《あい》味模糊《まいもこ》の中に何か道理らしい思想があるように見せている後世の釈教の歌などとは、多少ちがうのである。『朝びらきこぎ去にし船』というのも、無常をたとえるものとしては、必ずしも唯一無二のものでもなく、いわゆる動かないものではないのであるが、どこかに作者の実感にもとづいているようなところがあって、そこが単なる理知的の譬喩とは違っているように響くのである。それは『朝びらきこぎ去にし』という具体的の表現法にもあろうし、また一首全体の声調にもあるのである。であるから、意味の上からは少しも変らなくも、この歌が拾遺集《しゅういしゅう》に採られたように、

世《よ》のなかを何《なに》にたとへむ朝《あさ》ぼらけこぎゆく船《ふね》のあとの白波《しらなみ》

という風になっては、その訴える趣は大変違ってくるのである。こうなればただ理知に訴える譬喩となり終ってしまわねばならない。この点から、歌においては声調の最も重んずべきものであることが分るので、声調は深い象徴的意義を有するのである。

＊

まそ鏡見飽《かがみみあ》かぬ君《きみ》に後《おく》れてや朝夕《あしたゆふべ》にさびつつ居《を》らむ（巻四・五七二）　**沙彌満誓**

満誓が、筑紫で一緒にいた旅人の上京後、旅人に贈った歌である。『まそ鏡』は枕詞である。「一緒におっても飽くことを知らないあなたの後に、とりのこされて朝夕に心さびしくして居りましょうよ」という意である。淡々とした心持ではあるが、共に老いて交る友人間の情としては捨てがたいものがこもっている。『朝夕にさびつつ居らむ』という句は、やはり満誓の歌の手腕が知れるのである。

同じ時のもう一首は、

ぬばたまの黒髪変《くろかみかは》り白《しら》けてもいたき恋《こひ》には会《あ》ふ時《とき》ありけり（巻四・五七三）　**沙彌満誓**

である。『ぬばたまの』は枕詞。『黒髪変り白けても』にしても『いたき恋には会ふ時ありけり』

にしても苦渋な句法であるが、そこにかえって贈答の歌などに通有の形式に流れてしまうところを食い止めるところがあって、心持を上ずらせずに置くのである。これに対する旅人の和歌のことは前にもいったが、

此処《ここ》にありて筑紫《つくし》やいづく白雲《しらくも》のたなびく山《やま》の方《かた》にしあるらし（巻四・五七四）　**大伴旅人**

草加江《くさかえ》の入江《いりえ》にあさる葦鶴《あしたづ》のあなたづたづし友無《ともな》しにして（巻四・五七五）　**大伴旅人**

である。『草加江』は河内の地名で、旅人が奈良へ帰京の途に、その辺を通って、鶴の餌をあさっている実景を見たのであろう。「草加江の入江に餌を求めている葦鶴のように、あああ心の屈託することでありますよ。友達がないので」というのであるが、少しく形式的になっているとおもう。

*

世《よ》の常《つね》に聞《き》くは苦《くる》しき呼子《よぶこ》鳥《どり》声《こゑ》なつかしき時《とき》にはなりぬ（巻八・一四四七）　**大伴坂上郎女《おおとものさかのうえのいらつめ》**

作者大伴坂上郎女は旅人の妹であり、その子家持《やかもち》の妻の母である。大伴家の女性として歌に深く入っていた人と見えて、作歌の数も多い。家持は始めこの人に歌の道を導かれたのではないかと思われる節さえある。けれども一首一首作品に当ってみると、それほどすぐれた作はないよう

であるし、作者としての性格なども弱い人のように思われて、特色らしい特色を感ずることができない。

この歌は天平四年の作と思われているが、この作者の作としては注意される作である。「世間普通からいえば、聞くに心苦しい感じを起させる呼子鳥であるのに、その声のなつかしく思われる時になりましたよ」というのである。どういう心の経過からして尋常を外れて呼子鳥をなつかしく思うのか、はっきりしないが、そういう外面的の事情は知らないでもこの歌は味わえる。すなわち、何かそこに作者の感慨のこもっていることだけは感ぜられるのである。『声なつかしき時にはなりぬ』の句調も平淡であって、しかもよそよそしからず、一抹の哀調を漂わせているので、そこは捨て難いと思う。

*

旅人《たびびと》の宿《やど》りせむ野《ぬ》に霜降《しもふ》らばわが子《こ》羽《は》ぐくめ天《あめ》の鶴群《たづむら》（巻九・一七九一）　**作者未詳**

天平五年に遣唐使が遣わされて、船が難波を立ってこぎ出す時、母が子に贈った歌である。母はどういう人であったか明かではないが、子はおそらく遣唐使に従って行った従者などであろう。『羽ぐくむ』は、親鳥がひなを羽の下に抱えることであり、今は転じて単に養い育てることに用いるが、ここでは原義に用いているのである。一首の意は、「この遣唐使の旅人たちの宿りする野には、霜降ることもあろう。もし霜が降ったならばわが子を羽ぐくみ守りくれよ。天の鶴群よ」と呼びかけているのである。親の子を思う心を「夜の鶴」などにたとえることはあるが、この歌はそういう理知的の根拠から作られたのではあるまい。船出を送る母の目には難波の港のあたりを群れ飛ぶ鶴がまず目についたのであろう。巣の中に子をはぐくむ鶴の姿はまた当時にあっては決して珍しいものではなかったであろう。遥かな旅に加わりゆくわが子を思い、鶴群を見て、この一首の歌のできて来た筋道は、そう不自然なものではなかったろうと思う。「宿りせむ野に霜降らば」にしても誇張ではなしに、実際の感じからきているのであろう。この遣唐使の出発は天平五年三月のことであるから、『霜降らば』にしても『天の鶴群』にしても季節的に見ればやや時節おくれであるが、最近の冬の経験にもとづく実際から来ていると推測できるのではないかと思う。

＊

わかければ道行《みちゆ》き知《し》らじ幣《まひ》はせむ黄泉《したべ》の使負《つかひお》ひて通《とほ》らせ（巻五・九〇五）　**山上憶良《やまのうえのおくら》**

憶良が自分の男の子の古日（「ふるひ」と訓まれているが「こひ」かも知れぬ）というものを失った時に作った歌である。憶良はおそらくこの時は七十ぐらいの老年であったろうといわれている。『幣』は「まいない」すなわち供え物である。『黄泉の使』は黄泉の国の案内役である。「幼いから道の行き方も知るまい。供え物はしよう。黄泉路の道しるべよ、おんぶして通らせてくれよ」というのである。憶良は万葉集の作者としては、いわゆる思想的の歌を作り、人を諭し、貧富を嘆いたりして歌っているのであるが、この歌などで見ると、子のため愚痴にかえったようなところが見えて、なかなか面白いのである。子供の歌も憶良には幾首かあって、

憶良《おくら》らは今《いま》はまからむ子泣《こな》くらむその彼《か》の母《はは》も我《わ》を待《ま》つらむぞ（巻三・三三七）

瓜食《うりは》めば　子《こ》ども思《おも》ほゆ　栗食《くりは》めば　ましてしぬばゆ　いづくより　来《きた》りしものぞ　眼交《まなかひ》に　もとなかかりて　安寝《やすい》しなさぬ（巻五・八〇二）

銀《しろがね》も金《くがね》も玉《たま》も何《なに》せむにまされる宝子《たからこ》にしかめやも（八〇二の反歌）（巻五・八〇三）

など人によく知られているのであるが、『その彼の母も我を待つらむぞ』は、即興とはいいながら、気取った所が目立ち、「銀も金も玉も」はあまり概念的にひびくのに、この古日をかなしむ歌は、老いて子を失う親の取り乱したとさえ思われるほどな嘆きの声が、そのままに響いているように思われて、親しみを感ずるとともに、作者の声に同じて嘆き得るように思うのである。

＊

布施《ふせ》置《お》きて我《われ》は請《こ》ひ禱《の》むあざむかず直《ただ》に率《ゐ》ゆきて天路《あまぢ》知《し》らしめ（巻五・九〇六）　**山上憶良**

若干の異説はあるが、同じく憶良が子供を失った時の歌と見てよいのであろう。「布施を置い

て自分は請い願い祈る。間違はせずにすぐに連れて行って天への道を知らせよ」というのである。やはりあの世への道案内に向っていう気持であろう。前の歌の『幣はせむ』と同じように、子供を失った親の心持であるが、そういう気持は多くの場合、通俗低調になって、単なる愚痴言、世迷言に終る場合が多いのに、前の歌にしても、この歌にしても、そういう所におちずにいるのは、親としての悲嘆を、理知に訴えることなく、声化しているためである。

憶良の思想的の歌は、特色はあるけれども、幾分概念的に流れることがあるのであるが、憶良も本然においては相当詩情の豊かであった人と見えて、自分の嘆きをそのままに叫ぶというような場合には、やはりよい歌を作っているのである。

天平時代

吉野《よしぬ》なる夏実《なつみ》の川《かは》の川淀《かはよど》に鴨《かも》ぞ鳴《な》くなる山《やま》かげにして（巻三・三七五）　**湯原王《ゆはらのおほきみ》**

作者湯原王は志貴皇子の御子であるが、歌風にもやや通じた所があるように思える。平淡明快で、よく景色を叙し、その間におのずからなる情趣を述べている。一首の意味は、「吉野にある夏実の川の川の淀みに鴨が鳴くよ。山の陰で」というのである。『夏実の川』は今も菜摘《なつみ》の名が部落名として残っており、吉野川の滝の河内のやや上流に接した一部分の名である。四句で切って五句の助辞で止めている所なども軽快で、要領を得た句法である。しかも一首の印象明瞭で、おそらくは初冬であろうと思うが、澄み淀む山陰の川水に声を立てて幾羽かあまり多からぬ鴨が静かに動いている様が見えるのである。けれども一首の奥にひそんでいる底力というようなものは、この歌からは求め得られぬ。それはあまりにも一首が明快で破綻なく進められていることによるのであろうが、結句が『して』で止めてあるためでもあろう。「に」とか「を」などを用いた歌に例外はあるが、助辞で止めた歌には、一首を軽くしているものが少なくないようである。

*

いにしへの古《ふる》き堤《つつみ》は年深《としふか》み池《いけ》のなぎさに水草《みくさ》生《お》ひにけり（巻三・三七八）　**山部赤人《やまべのあかひと》**

赤人が太政大臣藤原不比等《ふひと》の家の庭の池の、不比等のなくなった後荒れたのを見て詠んだのである。『いにしへの古き堤は年深み』はいかにもくどくどと繰り言を述べているようであるが、これは口語でいえば「昔からあの古い堤は年がたって」というくらいのいい方なので、それほど苦にしなくてもよいのではないかと思う。『池のなぎさに水草生ひにけり』は平凡ではあるが、実際のものを見ているので、それから来るある感じを伝えているところがある。

立《た》ちかはり古《ふる》きみやことなりぬれば道《みち》の芝草《しばくさ》長《なが》く生《お》ひにけり（巻六・一〇四八）　**田辺福麿《たなべのさきまろ》**

というのがあるが、これは天平十六年都が一時久邇《くに》に遷された時、奈良の都の荒れたのを見ての作である。

赤人の歌には、この古き堤の歌に見るようなくどくどとした言い方があって、赤人の他の多くの作の明快であるのと違う一面がある。

百済野《くだらぬ》の萩《はぎ》の古枝《ふるえ》に春待《はるま》つと居《を》りし鶯《うぐひす》鳴《な》きにけむかも（巻八・一四三一）　**山部赤人**

なども同じ趣ではあるまいか。『萩の古枝に春待つと居りし』だけでも、ずいぶんくどくどしいいい方であるのに、さらに『鳴きにけむかも』と結んでいるのは、少し屈曲が多すぎるのである。ただこの歌にしても、もとづくところは実景であるらしいので、一種の感情を伝えていることになるのである。『百済野』は今の大和北葛城郡百済村を中心とする平野だといわれている。

＊

留《とど》め得《え》ぬ命《いのち》にしあれば敷妙《しきたへ》の家《いへ》ゆは出《い》でて雲隠《くもがく》りにき（巻三・四六一）　**大伴坂上郎女《おおとものさかのうえのいらつめ》**

新羅《しらぎ》の国の尼理願《りがん》というものが大伴旅人の家に寄寓していた。思うに、新羅は当時にあっては文化の先進国であるから、この理願も、今でいえば外国婦人を家庭教師とするように、大伴家では寄寓せしめていたのではないかと思う。その理願が天政七年に死去したので、坂上郎女がそれを悲しんで長歌を作った、その反歌である。

『敷妙の』は枕詞である。「ひきとどめることのできない人の命のことであるから、家から出て雲隠れしてしまった」というのである。平淡な叙法であるが、『家ゆは出でて』という『は』の詠嘆のし方も、『雲隠りにき』という断定する据え方も、力がこもっていて、坂上郎女の歌としては真実に響く一首である。

＊

あをによし奈良《なら》の都《みやこ》にたなびける天《あま》の白雲《しらくも》見《み》れど飽《あ》かぬかも （巻十五・三六〇二） **作者未詳**

天平八年に遣新羅使が、出発の前後及び舟中所々で詠んだ歌百四十首ばかりが巻十五に載せられているが、その中に古歌を誦したものも録されている。これはその古歌の一つである。新羅使等の中には、特にすぐれた歌人もいなかったと見えて、その歌には余りすぐれた作は見えないのであるが、この一首は古歌であるだけに、調高く簡素であって、誦するに足るところがあると思う。『あをによし』は枕詞で、「奈良の都にたな引いている天の白雲は見れど飽かぬよ」というだけの意味であるが、『天の白雲』ということばにしても、『見れど飽かぬかも』という大きな結句にしても、人麿歌集あたりのいい作と共通なものがあるように思われる。

＊

君《きみ》が行《ゆ》く道《みち》の長路《ながて》を繰《く》り畳《たた》ね焼《や》き亡《ほろ》ぼさむ天《あめ》の火《ひ》もがも （巻十五・三七二四） **狭野茅上娘子《さぬのちがみのいらつめ》**

狭野茅上娘子と中臣宅守《なかとみのやかもり》とが贈答した歌が、六十首ばかり巻十五に載せられてある。宅守は多分娘子と婚を通じたので流罪になったものと見える。天平十二年に特赦があったけれども宅守は許されなかった。二人の贈答歌は、この天平十二年を中として前後何年間かの作であろう。

この歌は娘子が別れに臨んで作った歌である。すなわち宅守が流されてゆく時の歌であろう。

「あなたの行かれる道の長い道中を繰り畳んで焼き亡ぼしてしまう天上の火が欲しいものである」というのである。『畳ね』は「たたみ」である。この歌は万葉集有名歌の一つで、またしばしば万葉集の代表歌でもあるように扱われるのであるが、少し離れてこの歌をみるといろいろの所が目につく。『道の長路を繰り畳ね』というような譬喩は、決して万葉集の純な歌境ではなく、かなり理知的なものが加わっていることが知れよう。「焼き亡ぼさむ天の火もがも」にしても真率な心の叫びというよりは、かなり誇張したしぐさが目立つのではあるまいか。

歌をば典雅優麗なるものとしてのみ考えて、恋愛歌にしてもどこか上品なしとやかな心を、ぶしつけにならぬようにとのみいい表わし慣れていた平安朝以後の歌に対していた者が、そうしてまたそういうものには人間自然の感情の流露を妨げられていることを飽き足らず感じていた者が、この娘子の歌に遭遇して、そこに思い切った感情の発露を見、万葉集の特色はなるほどこれだと思うに至った経路は同感できるのである。しかし少しく万葉集の歌境に住して、様々な相に様々な方面に自然に働いている感情のありのままなのを見なれるようになってから、この歌に向うというと、今いうような芝居じみた所が、何人にも目につくのではないかと思う。そのことは、この一首についてのみならず、娘子の歌全体に向っても大体適用できる見方とおもう。

＊

あをによし奈良《なら》の大路《おほぢ》は行《ゆ》きよけどこの山道《やまみち》は行《ゆ》き悪《あ》しかりけり（巻十五・三七二八）　**中臣宅守《なかとみのやかもり》**

宅守が配流の途にての作である。この歌になると、娘子の歌とはまるで違った心の響きを聞くことができる。『この山道は行き悪しかりけり』は何ともいえないよい句である。そこには誇張もなく、自らてらっているところもない。感ずるままをことばに出している。そうしてこの歌に向う者は、孤影さびしく配流の地に向う作者をば、素直に受け入れて何の反感をも感じない。

＊

あかねさす昼《ひる》は物思《ものも》ひぬばたまの夜《よる》はすがらにねのみし泣《な》かゆ（巻十五・三七三二）　**中臣宅守**

『あかねさす』『ぬばたまの』はともに枕詞である。意味は極めて簡単で、「昼は物思いに日を暮し夜は夜中、ただ泣かれる」というのである。『ねのみし泣かゆ』は前に述べたことと思うが、「泣くことばかり泣かれる」という意味で、ただ泣くというより強くひびくのである。初句三句に枕詞をくり返したのも、純一な感情に自然であったのであろう。そこに事象を点出して歌を複雑にするような心持ではないのである。前の歌といいこの歌といい、宅守の素直な心持がそのままに響いている。娘子の歌の大げさのしなを作っているのとは趣が違うのである。

＊

魂《たましい》はあしたにゆふべに魂《たま》ふれど我《あ》が胸痛《むねいた》し恋《こひ》のしげきに（巻十五・三七六七）　**狭野茅上娘子**

『魂』は人の体内からあこがれ出る遊離魂である。『魂ふる』はその魂を鎮めることである。一首の意は、「あこがれ出る私の魂をば朝に夕に魂ふりて鎮めるけれども私の胸はそれでも痛む。恋がしきりなので」というのである。三句までは、やや誇張のある表現であるが、それほど不自然でもない。『吾が胸痛し恋のしげきに』は、平凡ながら素直な句であって、いろいろにことばを飾りしなを作りながらも、自然に己が本音に近寄って行く女の態度が見えるようで面白いのである。一首を貫く音調の上にもどこかあわれな響がこもっている。

＊

帰《かへ》りける人来《ひときた》れりといひしかばほとほと死《し》にき君《きみ》かと思《おも》ひて（巻十五・三七七二）　**狭野茅上娘子**

同じく娘子の歌である。『帰りける人』というのは特赦があったので、許された人が帰ったのである。『ほとほと死にき』は「ほとんど死んだ」というのである。「帰って来た人が来たと人が言ったので、私はほとんど死にましたよ。あなたかと思って」というのである。『ほとほと死にき』というのは、強い感動をあらわそうとしたものであるが、大げさな表現であることは否定できない。そこでこの句を「胸がほとほとした。わくわくした」というように解釈できれば、飾り気がなくいっそう感銘深くなるであろう。

＊

君《きみ》に恋《こ》ひいたも術《すべ》なみ奈良山《ならやま》の小松《こまつ》が下《した》に立《た》ち嘆《なげ》くかも（巻四・五九三）　**笠女郎《かさのいらつめ》**

天平十三、四年ごろを中心として、大伴家持と恋愛相聞の歌を残した女人は、はなはだ多いのであるが、それらの歌はどうも平俗に過ぎて目ぼしい歌がない。この一首は、笠女郎の家持に贈った二十四首中の一首であるが、それらの中では嫌味のないものである。「あなたに恋いこがれて何ともやるせないので、奈良山の小松が下に立ち嘆きます」というだけの歌である。『奈良山』は奈良から宇治の方へ越える所にある峠、般若寺坂ともあるいは今の歌姫越だともいわれている。

笠女郎の歌は、恋愛歌として非常に面白いという人もあるのであるが、

八百日《やほか》行《ゆ》く浜《はま》の砂《まさご》もわが恋《こい》にあにまさらじか沖《おき》つ島守《しまもり》（巻四・五九六）

などにしても、やはりしながら目に立ち過ぎて結句の『沖つ島守』なども据らないのである。また、

相思《あひおも》はぬ人《ひと》を思《おも》ふは大寺《おほでら》の餓鬼《がき》の後《しりへ》に額《ぬか》づく如《ごと》し（巻四・六〇八）

の如きは、軽妙機智の作として注意されるのであるが、結局遊び事のように思われるのである。「餓鬼」は仏像の傍に並べられた餓鬼像をいうのであろう。それらにくらべると、

心《こころ》ゆも我《わ》は思《おも》はざりき又《また》さらにわが故郷《ふるさと》に帰《かへ》り来《こ》むとは （巻四・六〇九））

などの、平凡ながら本音を吐いてる方が、最後には色があせずに残るということは、歌を作る者は、特に考えて見るべき事であろう。

＊

わが背子《せこ》と二人《ふたり》見《み》ませばいくばくかこの降《ふ》る雪《ゆき》のうれしからまし （巻八・一六五八）　**藤原后《ふじわらのおほきさき》**

藤原后はすなわち光明皇后である。皇后が聖武《しょうむ》天皇に差し上げた御歌でもある。「わが背子」はすなわち天皇を指しているのである。「わが背の君と二人で見ましょうならば、どれほどかまあこの降る雪がうれしくありましょう」という意である。天武天皇と大原夫人との唱和の雪の歌は、その時に述べておいたが、あれはお互いに興じ合われて、そこにおのずからなる親しみが漂っているのであるが、この歌になると、初めからしみじみとした皇后の御心持が歌い上げられていて、いっそう間柄の親密さが察せられるのである。『いくばくかこの降る雪のうれしからまし』という句は、実に心の至らぬ隅もない句で、こまやかな心情が推察される。

＊

道《みち》に会《あ》ひて笑《ゑ》まししからに降《ふ》る雪《ゆき》の消《け》なば消《け》ぬがに恋《こ》ふとふ我妹《わぎも》（巻四・六二四）　**聖武《しょうむ》天皇**

聖武天皇が酒人女王《さかひとのおおきみ》と申す方を思われての御製である。『降る雪の』は「消える」ということを修飾するために用いられた序詞である。一首の意は、「道に行き会ってあなたが笑まれたので、降る雪の消えるように、わが身も消え入るばかりにあなたを恋しいと申しますよ。吾妹よ」というのであろう。『降る雪の消なば消ぬがに』などは序ではあるが、実に巧な、そうして気持の移る句である。人麿には「露霜の消なば消ぬべく」という句があり、また「朝露の消なば消ゆべく」という句も集中にあるが、かえってこの序の方が生き生きしているのは、露の消えやすいものというような理からでなしに、実際春雪などのふる道の上に美しい女王を見かけて得られた句なので、そこに実感がこもっているのではあるまいか。『道に会ひて笑まししからに』なども、こまやかな思いやりが動いているような句である。天皇の御製は数百あるのであるが、この歌は特に親しみ深く思われる。

＊

玉《たま》くしげ二上山《ふたがみやま》に鳴《な》く鳥《とり》の声《こゑ》の恋《こひ》しき時《とき》は来《き》にけり（巻十七・三九八七）　**大伴家持《おおとものやかもち》**

家持が越中守として任地にあった天平十九年の歌である。『二上山』は大和のではなく、越中の二上山で今の高岡の近くにある。『玉くしげ』は枕詞。「二上山に鳴く鳥の声の恋しい時季が来た」というだけの歌であるが、飾気のない歌で、家持の歌としてはできのいい方であろうと思う。

家持は万葉集の時代としては、最後の人なので、彼の前には長い間の歌の業績が積み上げられている。それらはいろいろの点から家持の歌に働きかけるので、家持の歌にはそういう重荷に堪えかねたようなところがある。それがため家持の歌の数は多いのに優れた作は割合に少く、家持の歌というと、万葉集の堕落時代を代表するかの如く思われるのであるが、家持の歌にもこういう簡単で、とどこおりのない歌もあるのである。

家持は旅人の子で、万葉集の編集者にも擬せられる人であり、その作歌は三百数十首という万葉作者中では比類のない数を示している。

＊

大伴《おほとも》の遠《とほ》つ神祖《かむおや》の奥津城《おくつき》はしるく標《しめ》立て人《ひと》の知《し》るべく（巻十八・四〇九六）　**大伴家持**

天平勝宝元年陸奥《みちのく》から黄金が出たので、それについて聖武天皇は詔《みことのり》を下された。越中守として任地にあった家持は、それを聞き伝えて喜びの歌を作ったのであるが、その中に己が大伴家の由緒をも述べて、盛んな御代にあう幸を歌っている。この歌は、その長歌の反歌として作ったのである。一首の意は、「大君に仕えつつ御門を守ってきたわが大伴家の遠い神祖たちの奥津城には、はっきりと標を立てよ。人の知るように」というのである。氏族に対する誇りはこの時代の人の皆ひとしく抱いていた所であるが、それをば短歌としてこれだけに歌い上げたのは、家持の手腕であるとともに、家持が歌を作っていた賜であるともいえよう。大伴家は不幸にして家持の後長く栄えることはできなかったけれども、この一首に歌われている精神的興奮は永久に、単に大伴家の人々のみならず、日本人の氏族感に訴えるであろうし、たとえば氏族というものに対する考えが全く違った時代が来たとしても、この歌に表わされた感激だけは、留められるのではないかと思う。家持には、これらの歌で見ると、よい意味での精神家であった一面もあるのであろう。史生すなわち事務官の尾張小咋《おわりのおくい》というものの妻に対する不実さをさとした歌などもある。

＊

天皇《すめろぎ》の御代《みよ》栄《さか》えむと東《あづま》なるみちのく山《やま》に金花《くがねはな》咲《さ》く（巻十八・四〇九七）　**大伴家持**

同じ長歌の反歌の一つである。一首の意は「天皇の御代が栄えるというので、東国なる陸奥の山に黄金の花が咲き出る」というのである。『黄金花咲く』は少しことばの外形に捉われたような いい方であるが、一首全体はそれほど嫌味にも響かないのは、『天皇の御代栄えむと』という句の起し方がだいたい大がかりで、形式美の整調を中心としているためであろうか。なお、奈良時代の栄華のさまは、時の人自身も目を見はったものと見えて、時代を祝う歌が幾首か詠まれている。一つは、

あをによし奈良《なら》の都《みやこ》は咲《さ》く花《はた》の匂《にほ》ふがごとく今さかりなり（巻三・三二八）　**小野老《おぬのおゆ》**

である。作者が太宰少弐《だざいのしょうに》として築紫にいて詠じたものである。神亀の末か、天平の初めの歌であろう。『咲く花の匂ふ』という句がここに用いられている。家持の『黄金花咲く』はあるいはこれを模倣しているかもしれない。この歌も譬喩が幾分一般的すぎるが、こういう形式を主とする歌では、まずこのくらいのものになるのではあるまいか。もう一首は、

御《み》民《たみ》我《われ》生《い》ける験《しるし》あり天地《あめつち》の栄《さか》ゆる時《とき》に会《あ》へらく思《おも》へば（巻六・九九六）　**海犬養岡麿《あまのいぬかいのおかまろ》**

これは天平六年作者が詔に応じて詠んだのである。『御民』というのは、「民」は大御宝ともいわれ、天皇御所有のものであるというので、「み」の敬称をつけたので、もちろん自ら敬っているのではない。「御民たる我はこの世に生れ来た甲斐がある。天地の栄える時に会ったことを思えば」というのである。こうして三首並べて見ると、この歌は「生けるしるしあり」という一歩突込んだ言い方をしている点でも、また二句絶にして太く、強く、ひたひたと押してゆく調子からしても一番すぐれている歌であろう。もちろんこういう歌として幾分形式で心情を整理してゆくという一面もあるので、形式的だからといって直ちに捨て去るばかりはできないのである。

＊

春《はる》の園《その》くれなゐにほふ桃《もも》の花下照《はなしたて》る道《みち》に出《い》で立《た》つ処女《をとめ》（巻十九・四一三九）　**大伴家持**

家持の勝宝二年三月の作である。一首の意は、「春の園の、くれないに美しく匂っている桃の花の、下のかがやく道に出で立っている処女たちかな」というのである。この歌なども、やはり一変化を求めた詠風であって、いわば絵画的効果をねらったともいうべき歌であるが、家持以前にはこういう濃艶な作風は見えないのである。正倉院御物中にある鳥毛立女の屏風は、今は鳥毛がはげ落ちて、下図を露出しているのであるが、制作の時代には非常に濃彩艶麗なものであったろうといわれている。薬師寺の吉祥天女像なども、濃い強い色彩を用いている。そういうものを考えて、この歌に向うと、この歌の目指してるところも分るし、また家持が歌によってこれだけの表現を得るには、どのくらい工夫と苦心を重ねたかということも推測できるように思う。結局、歌としては、こういう行き方は純然たる抒情詩的の名作のようには行かないのであるが、やはり一つの芸術として、短歌といえどもできるだけの変化をその存立の一要素とするのであるから、そういう点では家持の作者としての意義を認めてやってもよい。

＊

春《はる》まけて物《もの》がなしきにさ夜《よ》ふけて羽《は》ぶき鳴《な》く鴫《しぎ》誰《た》が田《た》にか住《す》む（巻十九・四一四一）　**大伴家持**

同じく勝宝二年三月の作である。一首の意は、「春になって物悲しい気持ちにおるときに、夜ふけて羽ばたきして鳴く鴫が渡って行くが、何処の田にとまることであろうか」というのである。『誰が田にか』は「何処の田」と訳したが、そういう意味であって、べつだん何人の所有の田という程の立ち入った意味ではあるまい。『すむ』は鳥の止ることである。

家持には形式的、外面的の歌があると同時に、また一方には細かい心理的の歌もあるので、人麿赤人憶良等と並べても、それらの人に見ることのできないような方面が、家持にはあるのである。この歌も結句の『誰が田にか住む』は幾分うるさい句であるが、『物がなしきに羽ぶき鳴く鴫』というような感情の扱い方は、家持の始めて手をつけた方面とみてよいのである。

＊

春《はる》の日《ひ》に張《は》れる柳《やなぎ》を取《と》り持《も》ちて見《み》れば都《みやこ》の大路《おほぢ》しおもほゆ（巻十九・四一四二）　**大伴家持**

前の歌と引き続いての歌である。「春の日に芽を張った柳を折り取って見るというと、奈良の都大路の柳の並木を植えた様が思われる」というのである。遠く任を受けて越中にある家持の心持は、今日の地方官などとはまた違った趣があったであろう。それは旅人を中心とする太宰府官人の諸詠その他で、十分に知る事ができるのである。家持のこの歌は、また家持の独特の行き方をしていて、あらわに激する情ではないが、静かに潜められたうれい心を柳の技に託する所なのである。いくぶん中国の風雅人らしくしている所もあり、わざわざ大宮人らしく見せている所もないではないが、そういうものを越えた奥に、家持自身の情の赴く所が汲みとられるのである。

*

もののふの八十《やそ》をとめ等《ら》が汲《く》みまがふ寺井《てらゐ》の上《うへ》のかたかごの花《はな》（巻十九・四一四三）　**大伴家持**

同じく勝宝二年の春の作である。『もののふの』は枕詞。『寺井』は井の名であるか、あるいは寺にある井という意味かいずれでも味える。『かたかご』は今の「かたくり」であるといわれている。今でも北陸東北では近似の発音でこの花を呼んでいるところがあるそうである。一首の意は、「多くのおとめたちが入り乱れて汲み合っている寺井のほとりのかたかごの花よ」というのである。前の「春の園」の歌と似た作風で、絵画的効果を目指しているのである。しかし、この歌には音調的になだらかな美しいところがあるので、だいたい軽い歌ではあるが、家持の作中では一つの効果を収め得たものということになるのだろう。

＊

夜《よ》くだちに寝覚《ねざ》めて居《を》れば河瀬《かはせ》求《と》め心《こころ》もしぬに鳴《な》く千鳥《ちどり》かも（巻十九・四一四六）**大伴家持**

前の歌と同じ時の作である。『河瀬求め』は「河瀬の方について」というほどの意味であろうが、いくぶん擬人的にいっているのであろう。一首の意は、「夜ふけて目を覚していると、河瀬のある方について、心もしおれるばかりに鳴く千鳥かな」というのである。人麿の『夕波千鳥汝が鳴けば心もしぬに』というのとは調子が全く変っていて、これは立ち上り切れないような所のある歌であるが、『夜くだちに寝覚めて居れば』と自ら内を見つめるような感じ方は、かえって人麿にはないところであるから、この歌でも家持が一つの変化を求めて、若干のものを達し得ているということはいえるのであろう。もちろんこの歌を作るについては、家持は人麿の歌を知っていて、それを考慮しつつ作ったということは考え得られるのである。

＊

ますらをは名《な》をし立《た》つべし後《のち》の代《よ》に聞《き》き継《つ》ぐ人《ひと》も語《かた》り継《つ》ぐがね（巻十九・四一六五）**大伴家持**

同じ年の歌である。「大丈夫たるものは名を立つべきである。後の世にその名を聞き継ぐ人もさらに後世に語りつぐであろう」というのである。この歌は「慕振勇士之名歌」（勇士の名を上げるのを願った歌）と題を設けて長歌とともに作っているのであるが、自ら憶良の歌に追和する

と注記している。憶良の歌はすなわち、

ますらをも空《むな》しかるべし万代《よろづよ》に語《かた》り継《つ》ぐべき名《な》は立《た》たずして（巻六・九七八）　**山上憶良**

である。憶良が重い病にかかった時に藤原八束《ふじわらのやつか》が、河辺東人《かわべのあずまひと》という者をして病気を見舞わせた時に、涙を拭い悲しみ嘆いて、この歌を誦したと伝えられている歌である、「士君子と思う自分も、空しいことであろう。万代の後まで語り継ぐに足る名の立つこともなくて」というのである。形は似ているけれども、家持の、名を立てて後世に語りつがせたいと願っているのとは、心境においては著しい違いがある。憶良のは病に沈んでまさに死のうとしているものの声で、何処か悲しい響があり、憶良の自分の生涯に対する回顧の情というようなものが漂っているのであるが、家持の歌になると、道徳として扱い、教訓を教訓として受け入れているような所があって、心の中まで響き入るというような調子が欠けているように思われる。幾分上の空にさえ響くところもあるように思われる。同種類の歌にしても前の『大伴の遠つ神祖』の歌の方が、ずっとすぐれているのではまるまいか。憶良の歌は天平五年の作で、憶良はその年没したものらしい。

＊

藤浪《ふぢなみ》の影《かげ》なす海《うみ》の底清《そこきよ》みしづく石《いし》をも玉《たま》とぞわが見《み》る（巻十九・四一九九）　**大伴家持**

勝宝二年四月十二日すなわち陽暦の五月二十五日、越中の国布勢《ふせ》の湖に遊んで、多祜《たこ》の浦という処で家持の作った歌である。布勢の湖は今の氷見《ひみ》町の郊外にあるが、湖はあせて今は水田となっているとのことである。『藤浪』は藤の花である。『しづく』は水の中にしずむことをいう。「藤の花が影となっている海の底が澄んでいるので、沈んで見える石をも美しい玉と私は見る」というのである。これも家持の絵画的効果を目がけた歌の成功した一首と見ることができる。規模は小さくなり、調は低くなっているのであるが、家持をまって初めて創作された歌ということができる。

＊

春《はる》の野《ぬ》に霞《かすみ》たなびきうらがなしこの夕《ゆふ》かげにうぐひす鳴《な》くも（巻十九・四二九〇）　**大伴家持**

家持は勝宝三年に少納言となって上京し、なお作歌を続けていたが、この歌は勝宝五年二月二十三日、感興を催して作った二首の歌の一つである。この年の二月二十三日は陽暦四月五日に当るのである。『春の野に霞たなびき』というのは、この暦日からして、誰にも画き出すことのできる光景であろう。一首の意は、「春の野に霞がたなびいて何となしに心がなしい。この日の夕ぐれてゆく影のなかに鶯が鳴くよ」というのである。『物悲しきにさ夜ふけて羽ぶき鳴く鴫』とも、すでに数年の前に家持は歌っているのであるが、この歌になると、同じ行き方ながらいっそう円熟してきて、『この夕かげに』の句なども、いくぶん象徴的の相を帯びて来ているのである。この歌を見るというと、一つの表現を志して何年か何年かそれに心を致しながら、ようやくにして心のままに近い表現を得たであろうと思う家持の心中が察せられて、涙ぐましささえ覚えるのである。今の世にまで、とにかくの批評を受けるように、家持は同時代の人にも、また先輩にも多くの優れた敵手を持ち、それらの人から多少の劣勢を感じながら、歌が好きで長いこと歌で骨を折っているのであるが、遂にこの歌にまで及ぶと、彼自身らもおそらくはひとまず前人未到の境に達したような気持がしたのではないかと思う。

＊

わが宿《やど》のいささ群竹《むらたけふ》吹く風《なぜ》の音《おと》のかそけきこの夕《ゆふ》べかも（巻十九・四二九一）　**大伴家持**

同じ陽暦四月五日の作歌の一つである。「吾が家のささの群竹を吹く風の音のかすかに感ぜられるこの夕べかな」というのである。『いささ』は「いささかの」と解する説もあるが、『ささ』に意味のない接頭語『い』のついたとする説の方が、それだけ意味が単純になり、かえって感銘を増すであろう。この歌も前の歌と共に、家持の歌としては第一等に品位する歌である。規模のあまり大きくない難などは、しいていう必要もあるまい。

＊

うらうらに照《て》れる春日《はるび》に雲雀《ひばり》あがり心悲《こころかな》しも独《ひと》しおもへば（巻十九・四二九二）　**大伴家持**

同じく二十五日すなわち陽暦四月七日の作である。『うらうらに照れる春日に雲雀あがり』は前の『春の野に霞たなびき』と共に光景眼前に浮ぶ叙法である。そののどかな中にあって『心悲しも独しおもへば』と歌っているのは、そういう光景の中にあっても、作者の感情が決して形式化されず、ありきたりにならずに、なかなか現実的に鋭く働いていることが分って、家持の歌人としての力量が、決して低いものでなかったことが知られるのである。家持はこの歌に自注して、「春の日がうらうらとして暮れなずみ、ひばりがちょうど鳴いている。物悲しい心持は、歌でなければ取りのぞけない。そこでこの歌を作って、結ぼおれた心を晴らす」といっている。家持がこの歌を作っている時の態度が分るので参考になる。

*

葦《あし》の葉《は》に夕霧《ゆふぎり》立《た》ちて鴨《かも》が音《ね》の寒《さむ》き夕《ゆふ》べし汝《な》をばしのばむ　（巻十四・三五七〇）　**防人《さきもり》**

天平勝宝七年に防人の交替があって、その際に家持が兵部少輔《ひょうぶのしょうゆう》として防人を検閲し、防人たちの歌を採録したので、防人の歌といえば、その時のものが一般に知られているのであるが、これはそれよりも前のもので、巻十四の東歌《あずまうた》中に防人の歌として載せられた五首中の一首である。一首の構成は、前に述べた志貴皇子の『葦辺ゆく鴨の羽交に霜降りて寒き夕べは大和し思ほゆ』に似ている。しかし、それとはまた別な効果を収めているのである。『葦の葉に夕霧立ちて』などという句は写実から得来った句であろうが、なかなかよい句だと思う。『葉』は無論こういう場合は集合名詞で、沢山の葉、「茂り」ぐらいの意として用いられるのが普通の用法なのである。

＊

今年《ことし》行《ゆ》く新防人《にひさきもり》が麻衣肩《あさごろもかた》のまよひは誰《たれ》か取《と》り見《み》む（巻七・一二六五）

同じく防人の歌と思われるが、巻七の古歌集の中に出ている歌に混じている。一首の意は、「今年行く新しい防人の麻衣の肩のほつれは誰が取り見ることであろう。妻を離れてゆく新防人の肩のほつれを」というのである。『まよひ』はすなわち「布の縦横の絲の乱れること」である。これなども可憐な歌であるが、おそらくは夫を新防人として送り出す妻の歌であろうと思われる。そういえばそれに続いている、

大船《おほふね》を荒海《あるみ》にこぎ出《い》で八船《やふね》たけわが見《み》し児等《こら》がみめは著《しる》しも（巻七・一二六六）

なども防人の歌ではないかと思われる。一首の意は、「大船を荒い海にこぎ出して、多くの船をこいで行ったその時に、自分が相見た少女たちのまなざしははっきりと思い出される」という意であろう。

＊

さへなへぬ命《みこと》にしあれば愛《かな》し妹《いも》が手枕離《たまくらはな》れあやに悲《かな》しも（巻二十・四四三二）　**防人**

天平勝宝七年に、家持が磐余諸君《いわれのもろきみ》というものから抄写して贈られた古い時代の防人の歌が八首

あるが、その中の一首である。「しりぞけることのできない官命であるから、愛すべき妻の手枕を離れて来て非常に悲しい」というのである。あたりまえのことをいっているにすぎないようだけれども、防人らしい心持は一応歌われていよう。なお巻十一、十二などにも防人の作らしいのが若干散在している。

＊

かしこきや命《みこと》かがふり明日《あす》ゆりや草《かえ》がむた寝《ね》む妹無《いむな》しにして（巻二十・四三二一）　**物部秋持《もののべのあきもち》**

以下数首は、家持の採録した、天平勝宝七年の二月交替して筑紫へ行った防人の歌である。これはそのうち遠江国の防人の歌である。防人の歌には、東国の方言や訛りが、そのまま用いられているので難解のものが少くない。『草がむた寝む』は「草と共に寝よう」である。『かえ』は「かや」の訛り、『いむ』は「いも」の訛りである。一首の意味は「恐れ多い官命を受けて明日からはまあ、草と一緒に寝ることであろう。妻もなくして」というのである。『ゆり』は「より」の訛りである。

＊

時時《ときどき》の花《はな》は咲《さ》けども何《なに》すれぞ母《はは》とふ花《はな》の咲《さ》き出来《でこ》ずけむ（巻二十・四三二三）　**丈部真麿《はせつかべのままろ》**

同じく遠江の防人の歌である。「防人として筑紫への旅を続けていると、その時々の様々の花は咲き代るけれども、どうしたものか家に残して別れて来た母をしのばせるような、母と名のつく花は咲かない」というくらいな心持なのであろう。今も母子草というものがあるから、『母とふ花』はそれに準じて考え得られると思う。

*

忘《わす》らむと野《ぬ》行《ゆ》き山《やま》行《ゆ》き我《われ》来《く》れど我《わ》が父母《ちちはは》は忘《わす》れせぬかも（巻二十・四三四四）　**商長麿《あきおさのまろ》**

駿河《するが》の防人の歌である。「忘れるかと思って、野を行き山を行く旅を続けて自分は来るけれども、わが父母のことを忘れることはできぬものかなあ」との意であろう。『野行き山行き』は筑紫への旅の道、ここでは駿河から難波へやって来るまでの陸路を指していうのだろう。

*

父母《ちちはは》が頭《かしら》かきなで幸《さ》く在《あ》れていひし言葉《けとば》ぞ忘《わす》れかねつる（巻二十・四三四六）　**丈部稲麿《はせつかべのいなまろ》**

同じく駿河の防人の歌である。『在れて』の『て』は「と」の訛であろう。「父母がわが頭をなでて無事であれよといった言葉がどうにも忘れかねる」というのである。以上二首は年少の防人の歌であろうが、素直に父母のことを思いつつ遠い防人に行く昔の壮丁《そうてい》を考えると、おのずから心に親しい感じが湧いて来るのは、おそらく、こういう真情を吐露した歌が残されて、われわれの心と心をつなぐからであろう。

＊

百隈《ももくま》の道《みち》は来《き》にしをまたさらに八十島《やそしま》過ぎて別《わか》れか行《ゆ》かむ （巻二十・四三四九） **刑部三野《おさかべのみぬ》**

上総《かずさ》の防人の歌である。「たくさんな道の曲り目曲り目を通って来たのを、またこれからはさらに船路について沢山の島を通って別れてゆくのであろうか」というのである。この歌はあまり感情をあらわにいっていないが、どこか大人びた歌い振りがしてある。防人の中には、こういう心持の進んだものもあったものと見える。

＊

葦垣《あしがき》の隈所《くまど》に立《た》ちて吾妹子《わがもこ》が袖《そで》もしほほに泣《な》きしぞ思《も》はゆ （巻二十・四三五七） **刑部千国《おさかべのちくに》**

同じく上総の防人の歌である。『しほほに』は「しおたれるほどに」という意味であろう。『思はゆ』は「思ほゆ」の訛りである。「葦を立てた垣の所に立って私の妻が袖も濡れるばかりに泣いたのが思われる」というのである。『葦垣の隈所に立ちて』は、この可憐な壮丁哀別の光景を眼前に髣髴せしめる句である。これらもただ真実に立脚したがために達し得た句であろう。

＊

大君《おほきみ》の命《みこと》かしこみ出《い》で来《く》れば我《わ》ぬ取《と》りつきて言《い》ひし子《こ》なはも（巻二十・四三五八）　**物部龍《もののべのたつ》**

同じく上総の防人の歌である。『大君の命かしこみ』は幾分よそ行きのことをいっているのではないかと思われるし、また案外正直な感じ方であったろうとも思われる。いずれにしても、この歌の主眼は『我ぬ取りつきて言ひし子なはも』にあるのであろう。すなわち「我《わ》に取り著《つ》きて言ひし子らはも」というのが訛っているのであろうが、防人らしい、いつわらない言い方が情景をとらえ得ているのである。

＊

今日《けふ》よりは顧《かへり》みなくて大君《おほきみ》の醜《しこ》の御楯《みたて》と出《い》で立《た》つ我《われ》は（巻二十・四三七三）　**今奉部与曾布《いままつりべのよそふ》**

下野《しもつけ》の防人の歌である。一首の意は、「今日からは後を顧みることなく、大君の取るにたらない御楯として出発するよ、私は」というのである。『御楯』は前の『御民』などと同じ言葉の用い方である。この一首などは、訛や方言もなく、改まった、よそゆきの感じ方ではあるが、堂々たるもので、時代の一面をよくあらわしている歌である。

この時の防人の歌は、各国の防人部領使《ことりづかい》がとりまとめて兵部少輔たる家持にさしだし、拙劣の歌は捨てて載せなかったというのであるが、この部領使から家持にさしだす前に、あるいは家持が筆録する時に、どのくらい手を入れたかという様なことは明かでない。しかし歌の巧拙はとにかく、方言、訛音の多少等は国々によっていくぶん異るようであるから、やはり各部領使がすこしずつ手を入れ、その手の入れ方にも差異があったのではないかと思われる。

防人の歌は、天平勝宝七年であるから、万葉集の時代としては最後に近い年代に当るのである。ただ都の文化を離れた東国の農民出身者の作であるから、自然古樸の跡を存して、歴史的時代はとにかく、文化的の進化の時代としては万葉集の初期に近いものがあるといえないこともない。しかし実際の歌で見れば分るように、後に発展すべきもののまだ進み切らない状態と、進歩の中心から離れて後れて取り残されたものとでは大いに異るものがあるのではないかと思う。それは決して一般論に立脚していうのではなく、防人の歌の素樸さと、万葉集初期の作品に見られる素樸とを比較して、帰納的にいわれることである。防人の歌は素樸ではあるが、その中には舒明・斉明ころの歌に見られるような、おおらかな気持は求め難いのである。

防人の歌の一面素樸な特色を重んずるのはよいが、防人の歌が万葉集の中で、最も高い地位に存するもののように思ったり、防人の歌が万葉集の代表的作品であると考えたりするのははなはだしい本末顚倒ではあるまいか。この事は東歌や、作者未詳の歌についても同様にいい得ることであると思うが、今防人の歌が出たので、その点の注意を呼び起しておきたいと思う。

＊

現身《うつせみ》は数《かず》なき身《み》なり山川《やまかは》のさやけき見《み》つつ道《みち》を尋《たづ》ねな（巻二十・四四六八）　**大伴家持**

天平勝宝八年家持が病に臥して無常を悲しみ、修道を欲して作った二首の中の歌である。『数なき』は「数ならぬ」と同じ意である。「この生ける身は数にもあらぬはかない身である。山や川の清いのを見て、道を求めよう」というのである。『道』は修道、仏道の「道」である。家持の作としては前の『いささ群竹』などの歌よりはまた趣をかえて、思想的な方面に向っているように思うが、この歌に表現されただけではあまりに思想的らしさが目について、まだ渾然たる境地までは進んでいないように思われる。

＊

渡《わた》る日《ひ》のかげに競《きほ》ひて尋《たづ》ねてな清《きよ》きその道《みち》またも会《あ》はむため（巻二十・四四六九）　**大伴家持**

同じ時の第二首である。『渡る日のかげに競ひて』というのは「光陰を惜む」という支那風のいい方を飜案《ほんあん》したのであろうといわれているが、そこがまだ十分に洗練されていないで、うるさく聞えるのは、そういう思想的の用語法が日本語としてはむずかしいためなのであろうか。『清きその道』というのは清浄な仏道という意味であろう。一首の意味は、「空渡る日の光と共に相競いつつ尋ねたいものでありますよ。清い其の道に後もまた会うために」というのであろう。これも仏道に入って解脱《げだつ》を願う心持であるが、前の『山川のさやけき見つつ』よりも思想らしさがいっそう目立つように思われる。家持が『この夕かげに鶯鳴くも』という歌に到達するまでには、何年かの苦労のあったことは、前にも述べた通りであるから、これらの思想的な歌にしてもさらに修練を重ねれば、短歌としてのさらに高い境地に達しないとも限らないと思われる。ただ万葉集に残された限りでは、家持の歌はだんだん数も少なくなって行き、間もなく天平宝字三年には、万葉集は家持の歌を最後として終っており、万葉集以外にはもちろん家持の歌の残っているものはないので、家持のこういう歌の行き方は、これだけで発展しなかったと考えるより仕方がないということになるのである。家持のこういう行き方は、源を尋ねれば、山上憶良や大伴旅人にさかのぼるのであろうが、憶良にしても旅人にしても、実は渾然たる境地までには達することができなかったのである。けれども務めて求めれば、憶良や旅人の歌のあるものにはこうした思想的のものが、幾分は短歌の境地として開かれてある跡を尋ねることはできよう。

＊

新《あたら》しき年《とし》の始《はじめ》の初春《はつはる》の今日《けふ》降《ふ》る雪《ゆき》のいやしけ吉事《よごと》（巻二十・四五一六）　**大伴家持**

天平宝字三年因幡《いなば》守であった大伴家持が、国の役所で国郡の役人たちを饗応した時に詠んだ歌である。万葉集の年代の分っている歌では最後の歌であるから、一言述べてもいいのであるが、歌は極めて形式的なものである。すなわち「新しい年の春の始である今日降る雪のように、いよ

いよ繁くあれよ、よい事が」というのである。これより八年前の天平勝宝三年に、同じく年の始めに越中の国守として作った歌は、

新《あたら》しき年《とし》のはじめはいや年《とし》に雪踏《ゆきふ》み平《なら》し常《つね》かくにもが（巻十九・四二二九）　**大伴家持**

降《ふ》る雪《ゆき》を腰《こし》になづみて参《まゐ》り来《こ》ししるしもあるか年《とし》の初《はじめ》に（巻十九・四二三〇）　**大伴家持**

であるが、この方が単純で、むしろまさっているのではないかと思われる。

年代不明

天《あめ》の海《うみ》に雲《くも》の波立《なみた》ち月《つき》の船星《ふねほし》の林《はやし》にこぎ隠《かく》る見《み》ゆ（巻七・一〇六八）　**人麿歌集**

以下数十首は柿本人麿歌集の歌である。人麿歌集というのは今日残っていないので、どういう歌集であったか、詳しいことは明かでない。ただ万葉集の巻二、巻七、巻九、巻十、巻十一、巻十二、巻十三、巻十四等の歌に人麿歌集にある歌だという注の付いたものがある。それらによって大体を想像するだけである。いったい、人麿歌集の歌は、すべて人麿の作った歌であろうか、あるいは又人麿が他人の作った歌をも備忘のため書きつけたもので、必ずしも人麿の歌ばかりではないであろうかというような点については、今もなお議論が行われているのであるが、いずれとも一方的に決定するほどの積極的な材料はない。万葉集の中には、人麿歌集の外、田辺福麿《たなべのさきまろ》歌集、高橋虫麿歌集、阿部虫麿歌集、笠金村歌集等の名が見えている。さて、人麿歌集であるが、前にいうようなわけで、いつごろ誰の集めたものとも明かでないが、少くとも人麿が自分の歌だけを自分で集めて作った歌集でないことは分るように思う。それにしても人麿歌集を集めた人は集中の作をば皆人麿の歌と信じて集めたということもまた推測できると思う。後世の三十六人集などはひどく乱雑なものであるが、しかし集めた人は少くともそれぞれの作者の歌と信じたから集めたのであろう。また、後世万葉集の歌を勅撰集に撰び入れる時に、万葉集で明かに作者未詳となっているものを、人麿あるいはその他の作者に仮託したものは少くない。また万葉集中にあっても、人麿の歌がいろいろ変化して伝えられている。それらのことから結論すると、どうも前述のように、人麿歌集の編集者は少くとも人麿の歌と信ずるものを集めて一巻としたのであろうということになるのではあるまいか。

それならば、人麿歌集の歌はすべて人麿の歌と信じていいかというと、必ずしもそう行かないと思う。人麿歌集が編集されるころには、人麿の歌については、根拠薄弱な伝説なども生じて、それをそのまま人麿の歌として収録したのであろう。であるから、人麿歌集中には大体は人麿の歌であるにしても、人麿以外の作者の歌も混入しておろうし、また人麿の原作がよほど変形されたものも入っているのであろうと思う。以上のような見地から人麿歌集を味って行ったら大きな間違はあるまいと思う。

この一首は巻七に「天を詠む」という題の下に挙げられている。天を海にたとえ、雲を波、月を船、星の多きを林にたとえているだけの歌である。漢詩などには、このままの表現法がありそうに思われるけれども、具体的に何人のどの詩の翻案ということは明かでない。けれどもこの一首がそういう漢詩の影響の下に作られた歌ということは断定してもいいだろう。大津皇子に、

経《たて》もなく緯《ぬき》も定《さだ》めずをとめ等《ら》が織《お》れる黄葉《もみぢ》に霜《しも》な降《ふ》りそね （巻八・一五一二） **大津皇子**

という作があって、同じ作者が懐風藻《かいふうそう》に「天紙風筆画㆓雲鶴㆒。山機霜杼織㆓葉錦㆒。」と詩を残している。これらもおそらく詩歌ともに漢詩の翻案のようなものであろうと思われるが、こういうやり方は、かなり古くから行われていたものと見える。ただ短歌としては、そういう外面的の出発をしたものだけに、人の心に深く訴えるものはない。ついでながら、天の川の伝説は中国から渡来して、万葉集時代の人の興味をひいたものと見え、七夕の歌はかなり数は多いのであるが、いざ面白い歌をと思って探すと、とれるような歌は一首もない。これなども借り物の、ついに歌にはなり得ないことを示すよい例ではないかと思う。

＊

穴師《あなし》川《がは》川《かは》波《なみ》立《た》ちぬ纒向《まきむく》の弓《ゆ》月《つき》が岳《たけ》に雲居《くもゐ》立《た》てるらし （巻七・一〇八七） **人麿歌集**

雲を詠じた一首である。『穴師川』は大和の磯城《しき》郡纒向村の穴師を流れる川である。『弓月が嶽』はその纒向の山である。一首の意は、「穴師川に川波が立った。纒向の弓月が嶽に雲が立っているのであろう」というのである。自然を詠ずる歌としては観照的に整っている。一つの進ん

だ行き方であろうが、やはり根本では漢詩などと共通な所が非常に多い。万葉集初期の自然の歌などとは、どこか違うところがある。すなわち自然と自然を見る作者との対立というようなものがはっきりとしてきていて、主客の間にはっきりした一線を感ずることができるように思う。その点は進んだ山水画などと同じように思われる。『らし』は眼前の光景を見ているのであるけれども、断定的にいわない所に作者の心持が表われているのである。

＊

あしひきの山川《やまがは》の瀬《せ》の鳴《な》るなべに弓月《ゆつき》が岳《たけ》に雲《くも》立《た》ち渡《わた》る（巻七・一〇八八）　**人麿歌集**

同じ雲を詠ずる一首である。『あしひきの』は枕詞。「山川の瀬の鳴るのとともに、弓月が岳に雲が立ち渡る」というだけの意味である。『なべ』は「と共に」「と一緒に」という意である。すなわち二つの現象なり行動なり、が平行して行われ、あるいは生起する意である。この歌は初句より結句まで休止なく、一気に詠み下してあるので、一首に少しも声調上のゆるみがない。また結句が二音二音三音という風に終っているので、緊張した情緒が表現されている。万葉集の歌調の一特色を代表するものである。この歌は、人麿歌集中でも特に傑作として人麿の作であろうという風にいわれている。ただこの歌を巻一、巻二、巻三等に載せられた人麿の作と比較して見ると、そこに幾分差異があるように思われる。例えば、『もののふの八十氏川の網代木に』というようなものと比較すると、どうも巻一、巻二、巻三あたりの歌の方が底力がある。不透明もしくは半透明のように奥深さがそれらの歌には感じられる。前の歌で述べたような主客の分立というような点で、よほど両者に違ったものがあるのではあるまいか。

＊

ぬばたまの夜《よる》さり来《く》ればまきむくの川音《さはと》高《たか》しもあらしかも疾《と》き（巻七・一一〇一）　**人麿歌集**

川を詠じた歌である。「夜になって来るというと、纒向《まきむく》の川の音が高いよ。山おろしの風がはげしく吹くのであろうか」というのである。『川音高しも』というような所は、なかなかよく自然を見ているところで、この歌も前の二首などと似た作風を持っている。

＊

今《いま》つくる斑《まだら》の衣目《ころもめ》につきて我《われ》に思《おも》ほゆいまだ着《き》ねども（巻七・一二九六）　**人麿歌集**

同じく巻七の人麿歌集の歌であるが、衣に寄せる歌、すなわち譬喩《ひゆ》の歌であるから、実質は恋愛歌なのである。一首の意は、「新しき作る染模様のある衣は、私の目についてしきりに思われる。まだ着ないけれども」というので、『斑の衣』はまだ相会わぬ女にたとえていっているのである。前に沙彌満誓の綿の歌があったが、あの綿の歌を譬喩ともとれるといったのは、こういう歌があるからである。だいたい、譬喩というものは、言い方が間接であるから、力の弱いものであるが、この歌なども、そういう欠点はまぬがれ得まい。

＊

黄葉《もみぢは》の過《す》ぎにし子等《こら》とたづさはり遊《あそ》びし磯《いそ》を見《み》れば悲《かな》しも（巻九・一七九六）　**人麿歌集**

紀伊の国での作と題されてある。『黄葉の』は枕詞である。「今はなくなった処女と手を取りあって遊んだ磯をみれば悲しい」という意味である。『たづさはり遊びし磯』という所は、実感のある所で、この歌を生かしている。

＊

潮気《しほけ》立《た》つ荒磯《ありそ》にはあれど行《ゆ》く水《みづ》の過《す》ぎにし妹《いも》が形見とぞ来し（巻九・一七九七）　**人麿歌集**

同じく紀伊の作である。「海の潮の気の立つ荒い磯ではあるけれども、亡くなった妻の形見というので来た」という意である。『行く水の』は枕詞。この歌は前に述べた巻一の人麿の歌『ま草刈る荒野にはあれどもみぢ葉の過ぎにし君が形見とぞ来し』のほとんどそのままであって、若干のことばづかいが改められて、妻をかなしむ歌となっているにすぎない。これなどは人麿の原作が転訛して人麿歌集中に存するという最もよい例であろうと思う。

＊

ひさかたの天《あめ》の香久山《かぐやま》このゆふべ霞《かすみ》たなびく春立《はるた》つらしも（巻十・一八一二）　**人麿歌集**

巻十の人麿歌集の春の歌である。これも意味の明かな、要領を得た歌である。『ひさかたの』は枕詞で、『天の香久山』は前に持統天皇の御製について述べた。「天の香久山に霞がたなびく。春が立つのであろう」というのである。新古今集の太上天皇の御製の『ほのぼのと春こそ空に来にけらし天の香久山霞たなびく』というのがあるが、この方では『春こそ空に来にけらし』という所に工夫があり、いわゆる山があるのであるが、また見方によれば、そこが作者の意図が目立ちすぎるところで鑑賞者に邪魔になるところである。万葉集のこの歌にはそういう意図がないから、そこが単純すぎて物足らず、新古今の歌のように、そこに一癖つけるように変化を求めて歌風の移動して行く気持も分るのであるが、短歌のように短い詩形の抒情詩としては、その何れにつくべきかというようなことは、一歩高処に立って達観すれば、おのずから明らかではあるまいか。すでにこの『春立つらしも』さえ持統天皇の御製の『春すぎて夏来るらし』に比べると、一曲折を加えた感があるのであって、持統天皇の御製には遠く及ばないのである。

＊

纏向《まきむく》の檜原《ひはら》に立《た》てる春霞《はるがすみ》おほにし思《も》はばなづみ来《こ》めやも（巻十・一八一三）　**人麿歌集**

同じく巻十の春の雑の歌であるが、実質的には恋愛相聞の歌のようである。『纏向』は前に述べたとおりであるが、そこの『檜原』は有名なものであったと見えて、しばしば万葉の歌に詠まれてある。三句までは序歌の形式である。一首の意は、「纏向の檜原に立っている春霞のぼんやりとしているように、ただ漠然と恋するならば、苦しい道を骨折って来ようか」というのである。序は単なることばの綾でなく、実質的な経験にもとづくものなのであろう。そういう風に事実にもとづいて作り、またそういう風に事実にもとづくものと解釈すべきなのが、当時の常識であったように見える。であるからこの歌も序の部分によって、雑の中に分類されているのであろう。『おほにし思はばなづみ来めやも』というのは、明かに相聞の歌の意である。『おほ』は「漠然と」「おおよそ」というくらいの意味で、心の状態にもまた自然の形容にも通じて用いられるのである。この歌には特に古樸な調子が残っているような所がある。

＊

霞立《かすみた》つ春《はる》の永日《ながひ》を恋《こ》ひ暮《く》らし夜《よ》のふけぬれば妹《いも》に会《あ》へるかも（巻十・一八九四）　**人麿歌集**

同じ巻十の人麿歌集の歌であるが、春の相聞という中に分類されている。『霞立つ』は枕詞であるが、これなどは実際の修飾語としての役目をまだ失ってないのだろう。一首の意は「霞の立つ春の長い日を恋いつつ一日くらし、夜がふけてから妹に会うことができたよ」というのである。『永日を恋ひ暮らし夜のふけぬれば』という続け方がいかにも淡々として、非常に気持よく響くのであるし、飾らずに平気で物をいっていることばの響が、自然と感情を表出している。平凡に見えるそののびのびしたいい方は、学ぶに足るものがあろうと思う。

*

妻《つま》ごもる矢野《やぬ》の神山《かみやま》露霜《つゆじも》ににほひそめたり散《ち》らまく惜《を》しも（巻十・二一七八）　**人麿歌集**

紅葉を詠じた歌である。『妻ごもる』は枕詞。『矢野の神山』は伊勢の渡会郡《わたらい》にあるといわれている。「矢野の神山が露霜に色づき初めた。やがて散るであろうが、散るのが惜しい」というのである。『露霜』は「秋になって置く冷い露」「まさに凍ろうとする露」という意味であろう。これなども余り限定した意味でなく、露の冷いものから真の霜まで広い範囲をふくめていうのであろう。これも淡々たる歌であるが、捨て難いところのある作である。

*

秋山《あきやま》のしたびが下《した》に鳴《な》く鳥《とり》の声《こゑ》だに聞《き》かばなにか嘆《なげ》かむ（巻十・二二三九）　**人麿歌集**

『したび』はいろいろ説のある語であるが、紅葉の色の映えることをいうと取るのが穏かであろう。この歌は秋の相聞の歌であるが、三句までは例の序歌の形式である。「秋の山の紅葉の色の美しい下に鳴く鳥の声を聞くように、恋しい人の声だけでも聞くならば何を嘆こう」というのである。『声だに聞かばなにか嘆かむ』という所の調子が大変いいので、ほんとうにその人の嘆息を聞くように思われる。同じ巻に、

朝霞《あさがすみ》鹿火屋《かびや》が下《した》に鳴《な》くかはづ声《こゑ》だに聞《き》かば我恋《われこ》ひめやも（巻十・二二六五）　**作者未詳**

というのがある。鳥がカワズになり、秋山が朝霞になる等の変化はあるが、それらは単に外面的なもので、重要な異同は結句だけにすぎないのである。この方は句法が固定して人麿歌集の作とは、その効果は著しく異っていると思う。わずかの句法の相異ながら短歌では関係するところがなかなか大きいのである。『朝霞』は枕詞、『鹿火屋』は鹿を防ぐ火をともす小屋である。

＊

纒向《まきむく》の檜原《ひはら》もいまだ雲居《くもゐ》ねば子松《こまつ》がうれゆ沫雪流《あわゆきなが》る（巻十・二三一四）　**人麿歌集**

同じく冬の雑の歌である。「纒向の檜の原にもいまだ雲がいないのに早くも松の梢から雪が降る」というのである。『居ねば』は今のテニヲハの用法ならば「居ぬに」というところであろう。『子松』は必ずしも「小さい松」という意味ではなく、ただ「松」というぐらいの意味で愛称語であろう。『うれゆ』は、「梢から」というのである。『流る』は「降る」である。自然を詠じた

歌としては、簡素な中に、ある点までは時間変化なども捉えて、注意すべき歌である。ただ幾分絵画的の見方をしているので、作為の跡を感じ、そこを物足らなく思う人もあるであろう。

＊

たらちねの母《はは》が手《て》放《はな》れかくばかり術《すべ》なき事《こと》はいまだせなくに（巻十一・二三六八）　**人麿歌集**

巻十一の古今相聞往来の歌の中、正述心緒《せいじゅつしんちょ》の歌（思いをそのままのべた歌）というのがある、これは寄物陳思《きぶつちんし》（物に寄せて思いをのべる）に対して譬喩《ひゆ》を用いない恋愛歌のことである。その中に人麿歌集の歌が載っているのである。『たらちねの』は枕詞。「母の手を離れて、これほどまでに途方に暮れたことは、今までしませんでした」というのである。もちろんこれは処女《おとめ》の初恋の心持をうたった歌であろう。人麿の歌とすれば、人麿が処女に代って詠んだと解されぬこともないが、これなどはおそらく人麿の作ならぬ歌が人麿歌集の中に存することを明らかにする例ではないかと思う。しかしそれにしても、巻十一、十二の相聞往来の歌の中にあっても、人麿歌集のものは、だいたい他の歌よりは出来がよいように思われる。この歌なども処女の自ら歌い上げた歌とのみは取れないで、いわゆる民謡歌人か、あるいは長い年月と多勢の共同作業としての民謡的の改変を相当に受けている歌かとも思われるのであるが、全体の響はいかにも素直で、可憐で、処女の声を目のあたり聞くような感じがあるのである。

＊

見《み》わたしの近《ちか》きわたりをたもとほり今《いま》や来《き》ますと恋《こ》ひつつぞ居《を》る（巻十一・二三七九）　**人麿歌集**

同じ正述心緒の歌である。『見わたしの』は枕詞とみてもよいが、「直ぐ目の前の」という修飾語としての意味もそのまま働いているのである。「見渡せば」とも訓まれ、それでもよい。「見渡される附近を行きもどりして、もうお出でになるかと待ちこがれている」というのである。『見わたしの近きわたりをたもとほり』にしても、『今や来ますと』にしても、いい方が自然であり素直であって何人にも親しみを感じさせるのである。民謡には後世も万人の心を捉えるような佳句が多いのであるが、こういう風にねらわずに自然の情のままを歌っているものは割に少く、一歩誤れば理知的のうがちなどに落ちそうなものも少くないのである。

＊

うち日《ひ》さす宮路《みやぢ》を人《ひと》は満《み》ち行《ゆ》けどわが思《おも》ふ君《きみ》はただ一人《ひとり》のみ（巻十一・二三八二）　**人麿歌集**

同じ正述心緒の歌である。『うち日さす』は枕詞。「都大路を人は満ち満ちて行くけれども、私の思う方は、ただあの方一人だけ」というのである。これは多少構えた所があって、そこが多くの人に常識的に訴える所であろうが、また歌としてそれほど高くないゆえんでもあろう。

＊

ぬばたまのこの夜《よ》な明《あ》けそあからひく朝行《あさゆ》く君《きみ》を待《ま》てば苦《くる》しも　（巻十一・二三八九）　**人麿歌集**

『ぬばたまの』は枕詞。『あからひく』も枕詞。「この夜は明けることなかれよ。夜が明けて朝かえりゆく君が、再び来るまで待つのは苦しい」というのである。枕詞を二度も用いており、意味ははなはだ単純でいて、しかも真情を失わないところがある。これも女の立場に立っての心持を歌った民謡であろう。

＊

朝影《あさかげ》にわが身《み》はなりぬ玉《たま》かぎるほのかに見《み》えて去《い》にし子《こ》ゆゑに　（巻十一・二三九四）　**人麿歌集**

『玉かぎる』は枕詞。『朝影』は「朝の姿」の意に用いられることもあるが、あるいは朝日を受けた姿の細いように恋い痩せた姿をいうとも解かれているが、それは少し穿鑿《せんさく》にすぎるようである。ここは「朝の光」すなわち、おぼつかない朝の薄明をいうのであろう。一首の意は、「朝の光のようにたよりないものに、私の身はなってしまった。ただほのかに見えて過ぎ去ってしまった少女のために」というのである。綿々としている恋愛の情を歌ったものとしては、どこかに人をひきつける調子があって、甘美の感傷もむやみに退けがたいものがある。これも同じく正述心緒の歌である。

＊

行《ゆ》けど行《ゆ》けど会《あ》はぬ妹《いも》ゆゑひさかたの天《あめ》の露霜《つゆじも》にぬれにけるかも （巻十一・二三九五） **人麿歌集**

これも正述心緒の歌である。『ひさかたの』は枕詞。『露霜』は前に述べた。『天の露霜』は天の時雨などと同じ用語法で、これも前に述べた。「行っても行っても会わない妹のために天の露霜にぬれましたよ」というのである。『行けど行けど』というのは「どこまで行っても行っても」という風に取れるかもしれないが、そうではなく、「何度行っても何度行っても」という意であろう。すなわち、女の許に求婚しに、思いをとげるまで、何べんも何べんも通う者の嘆声であろう。民謡としての誇張はあるけれども、一首の調子は朗らかで、体も心も健康な若者を思わせるような調べがある。

＊

処女等《をとめら》を袖布留山《そでふるやま》の瑞垣《みづがき》の久《ひさ》しき時《とき》ゆ思《おも》ひけり我《われ》は （巻十一・二四一五） **人麿歌集**

これは寄物陳思の歌である。三句までは序である。『布留山』は大和の山辺郡にある石上神宮《いそのかみ》の附近の土地である。この瑞垣すなわち神垣というのは、石上神宮をいうのであろう。『処女等を袖布留山』は、処女らに袖を振るのフルを、布留山のフルに言いかけたのである。一首の意味は、「処女らに向って袖を振る、その布留山の神垣の年久しいように、久しい以前から思ってい

ましたよ、私は」というのである。この歌は、巻四に人麿の歌として、

処女等《をとめら》が袖布留山《そでふるやま》の瑞垣《みづがき》の久《ひさ》しき時《とき》ゆ思《おも》ひき我《われ》は（巻四・五〇一）　**柿本人麿**

と載せてある。『処女等を』より『処女等が』の方が意味が単純であり、結句の『思ひけり我は』というのも、巻四の『思ひき我は』という方が簡明直截であって、まさっているのではないかと思う。少しの相違ながら、この巻十一の方の歌は停滞を感ぜしめるような所がある。巻四の人麿の歌（実はこれも民謡であろう）が改変されてこの形となったと見られる。

＊

月見《つきみ》れば国《くに》は同《おな》じぞ山隔《やまへな》り愛《うつく》し妹《いも》は隔《へな》りたるかも（巻十一・二四二〇）　**人麿歌集**

同じく寄物陳思の歌である。月に寄せるというつもりの歌であろう。「月を見れば、国は一つ月の照る国であるのに、間に山が隔たり、かわいい妹は隔ててあることかな」というのである。

巻七に、

春日山《かすがやま》おして照《て》らせるこの月《つき》は妹《いも》が庭《にほ》にもさやけかりけり（巻七・一〇七四）　**作者未詳**

というのがあるが、月の歌としては、この方がかえって清新の趣を持っている。ただ巻十一の歌は恋愛歌であるから、巻七の歌とは違った快感を与える所があるのである。この歌に似てさら

に、

月見《つきみ》れば同《おな》じ国《くに》なり山《やま》こそは君《きみ》があたりを隔《へだ》てたりけれ（巻十八・四〇七三）　**大伴池主**

というのがあるが、これは全く同じ歌が少し変えられたのであろう。それに比べると、『愛《うつく》し妹は隔《へな》りたるかも』という句は、生き生きしていて、遥に立ちまさっているように思う。

＊

来《く》る路《みち》は石踏《いしふ》む山《やま》のなくもがもわが待《ま》つ君《きみ》が馬《うま》つまづくに（巻十一・二四二一）　**人麿歌集**

同じ寄物陳思の、山に寄せるというのであろうか。「あなたの来る道には、石を踏みながら越えるような山がなければよい。私の待っているあなたの馬が立ちすくむから」という意味である。『石踏む山のなくもがも』といういい方は、「聖賢は愚に近し」とでもいうべきであろうか。当り前すぎるほど当り前のことをいっているように見えて、作者の心持がまざまざと響いてくる句である。万葉集の作者未詳の歌は、大体作者のはっきりしている歌よりは、歌品が劣り、歌の調子が弱められているのであるが、またその中には有名作者の作に見られないような、思いがけない真実をつかんだようなものも少くないのである。これなどもそういう意味で注意してもよい歌ではないかと思う。ただ一首の全体には、一つの仕組まれた構想があって、そこが民謡らしく通俗になっている。

＊

山科《やましな》の木幡《こはた》の山《やま》に馬《うま》はあれど歩《かち》より我《わ》が来《く》汝《な》を思《おも》ひかね（巻十一・二四二五）　**人麿歌集**

同じ寄物陳思の歌である。『山科の木幡』は今もその名を保っている。前に倭姫皇后《やまとひめのおおきさき》の御歌についいて言った。木幡の山を越える山道は重要な交通路だったので、そこには貸馬の用意などもあったと見える。「山科の木幡の山には借りる馬はあるけれども、徒歩で私は来る。お前を恋しくおもいたまりかねて」というのである。『山に』は、「山を」とも訓まれ、「自分の馬はあるけれども、馬を用意して乗る間も惜しんで」とも解かれる。しかし、それでは、いっそう意味がこみいって、構想が目立ち感じが弱くなろう。この歌はおそらく、木幡山の貸馬が当時有名だったので、それが動機となって作られた民謡であろう。

＊

香久山《かぐやま》に雲居《くもゐ》たなびきおぼほしく相見《あひみ》し子《こ》らを後恋《のちこ》ひむかも（巻十一・二四四九）　**人麿歌集**

寄物陳思の歌であって、『香久山に雲居たなびき』というのは序である。一首の意は、「香久山に雲がたなびきほんのりとしているように、ただほんのりとおおよそに会った少女を後に恋い思うのかなあ」というのである。序歌なども単純であり、一首全体が簡素で嫌味がないが、前の『おほにし思はばなづみ来めやも』の歌などに比べると常識的になり熱意の欠けているような所が、目立つのではあるまいか。

＊

雲《くも》だにもしるくし立《た》たば心《こころ》やり見《み》つつも居《ゐ》なむ直《ただ》に会《あ》ふまで（巻十一・二四五二）　**人麿歌集**

雲に寄せているのである。「雲だけでもはっきり立ったらば、心慰めにその雲を見ていましょうよ。直々に会うまで」というのである。『心やり』は「心慰め」である。『直に会ふ』は前に解いたように、男女の親しく相接することをいうのであろう。歌う人は強い実感をもってこの語を用いているのである。

＊

ひさかたの天照《あまて》る月《つき》の隠《かく》りなば何《なに》になぞへて妹《いも》をしぬばむ（巻十一・二四六三）　**人麿歌集**

月に寄せる歌である。「天照る月になぞらえて妹を心にしのんでいるが、その天にかがやく月が隠れたならば、何にたとえて妹をしのぼう」と、作者はおそらく夕月などの移りゆく様を眼前に見ているか、少なくとも心象として生々と持ちながら作っているのであろう。恋人を月にたとえるというようなことは、極めて平凡なことであるが、『隠りなば何になぞへて妹をしぬばむ』という歌の調子に表現されている感情は純粋であって、このため平凡な譬喩《ひゆ》もわれわれの心を打つものがあるのである。

＊

山《やま》ちさの白露《しらつゆ》おもみうらぶるる心《こころ》に深《ふか》くわが恋《こ》ひ止《や》まず（巻十一・二四六九）　**人麿歌集**

『山ちさ』は、今のどの植物に当るか明かでない。一首の意は、「山ちさが、白露が重いので、先がしなうように、物さびしい私の心に深くこもって、私の恋い思う心が止まない」というのである。これも尋常一様の感じを述べた歌にすぎない民謡であるが、山ちさの白露というものにまで注意して、そういうものによって引き起される感動に託して、自分たちに共通な情を述べようとした古人のことを考えると、非常に面白く思われるのである。

＊

道《みち》の辺《べ》のいちしの花《はな》のいちじろく人皆知《ひとみなし》りぬわが恋妻《こひづま》は（巻十一・二四八〇）　**人麿歌集**

『いちしの花』は今の何を指すのか明かでない。初二句は序である。「道の辺のいちしの花がいちじるしく人の目につくように、人の目についいて人が皆知ってしまいました。私の恋妻をば」というのである。全体の調子が常識的であるが、嫌味なく素直に詠み去っている所は、民謡として見れば上乗のものであろう。

思《おも》ふにし余《あま》りにしかばにほ鳥《どり》の足《あし》ぬれ来《こ》しを人見《ひとみ》けむかも（巻十一・一四九二）　**人麿歌集**

同じく寄物陳思の歌である。『思ふにし』の『し』は強めるだけの助辞である。『にほ鳥の』は枕詞。「思い余ったから、足をぬらし、露を踏んで来たのを人が見つけたであろうか」というのである。似た歌に、

思《おも》ふにし余《あま》りにしかば術《すべ》をなみ出《い》でてぞ行《ゆ》きしその門《かど》を見《み》に（巻十一・二五五一）　**作者未詳**

があり、また、

思《おも》ふにし余《あま》りにしかば術《すべ》をなみ我《われ》は言《い》ひてき忌《い》むべきものを（巻十二・二九四七）　**作者未詳**

がある。その他この歌には二、三の異伝があるが、おそらくこの人麿歌集の歌が一番原形に近いのではないかと思われる。少くとも一番歌として強く響くのではないかと思う。『足ぬれ来しを』といういい方は、常識からは出てこない句であって、ただ写実のみが達し得る所のものであり、よく実感をとらえている。この句によって、この歌は類歌を圧している。それに比べると二五五一は『その門を見に』など具体的に見える句がないでもないが、全体が常識的である。二九四七の方も『忌むべきものを』という結句が、理屈っぽく聞えて響がよわい。以上三首の異同はただ

一つ歌のさまざまな伝えがあるというような立場から見ずに、歌の生きるか生きないかの急所を、実際問題として示している好例として、いろいろの立場から考えて見るべきであろう。

＊

鳴神《なるかみ》の少《すこ》しとよみてさし曇《くも》り雨《あめ》も降《ふ》らぬか君《きみ》を留《とど》めむ（巻十一・二五一三）　**人麿歌集**

「かみなりが少し鳴って、空が曇り、雨が降ってくれればよい。そうしたら君をひき留めよう」というのである。『少しとよみて』などは甚だ気の利いた句であるが、しかしこれなどはいわゆる民謡的の万人に道理と思わせる句法なのであろう。雨にかこつけて、男を引きとめようというのも、民謡的な着想である。

これは同じ寄物陳思の中でも問答の歌として挙げられたものである。問答とは、必ずしも実際に問いまた答えて作ったという意味ではなく、問答の形式で歌い合った歌であろうと思う。であるから流行歌の歌詞のように、詩としての気品よりは万人向きを目ざしたところがある。

＊

わが背子《せこ》が朝《あさ》けの姿《すがた》よく見《み》ずて今日《けふ》の間《あひだ》を恋《こ》ひ暮《く》らすかも（巻十二・二八四一）　**人麿歌集**

巻十二に出た正述心緒の歌である。「わが夫が帰りゆく朝明方の姿をよく見なかったので、今日一日中恋しく思いつつ暮すことかな」という意味である。『朝けの姿よく見ずて』なども実感のこもっているように見えながら、どこか民謡的常識に堕ちようとする趣の既に見え始めている句ではあるまいか。かえって『今日の間を恋ひ暮らすかも』という、平凡な句の方に実情が表れているように思う。全く同巧の歌（一九二五）が後で出るが、この人麿歌集の方が簡素である。

＊

忘《わす》るやと物語《ものがた》りして意《こころ》やり過《す》ぐせど過《す》ぎずなほ恋《こ》ひにけり（巻十二・二八四五）　**人麿歌集**

同じく正述心緒の歌であるが、複雑な人事的背景のある種類の歌である。一首の意は、「恋人のことを忘れるかと思って、世間話などをして心を慰め、恋を追い払おうとするけれども、なかなか追い払えないで、やはり恋しく思われた」というのである。これなど、高い標準で向えば甘く見え、低調に見える歌であるが、こういう所に興味を感ずる鑑賞者は数においてはかえって多いことは、前に述べたとおりで、この歌もそういう意味で人に好まれた歌であろう。『物語して意やり』は一応とらえ得た句というべきであろう。

以上は皆柿本人麿歌集に見えると注記された歌である。

＊

大葉《おほば》山霞《やまかすみ》たなびきさ夜《よ》ふけてわが船泊《ふねは》てむ泊知《とまりし》らずも（巻七・一二二四）　**古歌集**

万葉集の中に古歌集にある歌として注されているのが、巻七、巻十、巻十一などに若干首あるが、この古歌集なるものも、人麿歌集と同じく原形は現存せず、そのいかなるものであるかを知らない。

この歌は、全く同じ歌が巻九・一七三二に碁師の歌として出ているから、古歌集の中には、そういうものも採り入れていたものと見える。『大葉山』は紀州にあるといわれているが、確かな事は分らない。一首の意は「大葉山に霞がたなびき、夜がふけて来たが、わが船の碇泊すべき港も分らない」というのである。旅中の歌であろうが、高市黒人あたりの作風を思わせる軽快透明な歌風で、一首を破綻なくまとめていることが目につく。とり立てていうほどのものではないが、何人が学んでも難のない歌風であろう。

＊

さ夜《よ》ふけて夜中《よなか》の潟《かた》におぼほしく呼《よ》びし舟人《ふなびと》泊《は》てにけむかも（巻七・一二二五）　**古歌集**

同じく古歌集の歌であるが、『夜中』は地名だという説があるが、そう取らない方が自然であろう。「夜が更けて行って夜中の干潟の方に何かはっきりせぬ声を立てていた船人たちも、いつか声が聞えなくなったが、船泊りしたのであろう」というのである。『呼びし舟人泊てにけむかも』という所は、『鳴く鹿の今夜は鳴かずい寝にけらしも』に似た感じ方である。この一首は全体が彼の小倉山の歌より小刻みにできているから彼の歌の大まかな、物を包むような感懐のゆたかさはないことになる。しかし、この歌なども作者がいくぶん新しい変化ということを感じて作ったような工夫の跡の見える作である。

＊

風早《かぜはや》の三穂《みほ》の浦《うら》みをこぐ舟《ふね》の船人《ふなびと》さわぐ波立《なみた》つらしも （巻七・一二二八）　**古歌集**

『風早の』は枕詞である。『三穂の浦』は紀伊の日高郡にあるといわれている。「三穂の浦のほとりをこぐ船の舟人たちが声を上げているが、波が立つのであろう」というのである。これも一首明快な、そうして直ちにはっきりと心象を作らせる歌で、海面の波のうねりのようやく高くなる中に、帆など操り、呼び合う声の聞える船が、目に見えるように思われる。巻十四に、

葛飾《かつしか》の真間《まま》の浦《うら》みをこぐ船《ふね》の船人騒《ふなびとさわ》ぐ浪立《なみた》つらしも （巻十四・三三四九）　**下総《しもふさ》の国の歌**

として東歌《あずまうた》の中に載っているが、『風早の三穂』という地名を、葛飾の真間とおきかえたのにすぎない。この歌が広く人口に膾炙《かいしゃ》しているうちに、各の土地で地名の部分をば自分の土地の名に変えたのであろう。今も民謡にはしばしば見られるやり方である。

＊

天霧《あまぎら》ひ日《ひ》方吹《かたふ》くらし水《みづ》くきの丘《をか》の港《みなと》に波立《なみた》ちわたる （巻七・一二三一）　**古歌集**

『天霧ひ』は「天が薄く曇って」「天がかすんで」というのである。『日方』は南寄りの風をいう。

『水くき』は水の入り込んでいる所をいう語である。ここでは、枕詞風に用いられているが、あるいは地名からきた枕詞であるかもしれない。筑前の洞《くき》の海、紀伊の九鬼などの地名も同じ由来かもしれぬ。『丘の港』は、今の遠賀《おんが》郡蘆屋浦であろうという。「空がかすんで、南風が吹き来るのであろう。水くきの丘の港に波が立ち渡る」というのである。『日方吹くらし』は現に「日方」が吹いているので、想像していっているのではない。「日方吹くなり」と断定の形でいわないのは、そこに心の態度の相違があるのであって、決して客観的の事実問題ではないことはすでに説いたとおりである。『らし』はよくそういう所に用いられるので、前にも人麿歌集の『弓月が岳に雲たてるらし』についていったが、なお人麿の歌の、

飼《け》飯《ひ》の海《うみ》の庭《には》よくあらしかりごもの乱《みだ》れ出《い》づ見《み》ゆ海人《あま》の釣船《つりぶね》（巻三・二五六）　**柿本人麿**

などの『らし』も全くそうである。人麿のこの歌は「飼飯の海の海上が静かなのであろう。乱れてるのが見える。海人の釣舟が」というのであって、作者は海の静かなのを目前に見ているのであるが、それを「庭よくありて」といわないのは、今いう心の態度の相違なのである。『かりごもの』は枕詞。飼飯は越前とも淡路ともいわれている。

さて、この『水くきの丘』の歌も、よく自然を捉えている所では、右に上げた人麿の歌などに似た歌風で、ひどく劣る歌とは思われない。

*

静《しづ》けくも岸《きし》には波《なみ》は寄《よ》りけるかこれの屋通《やとほ》し聞《き》きつつ居《を》れば（巻七・一二三七）　**古歌集**

一首の意は、「静かにも岸には波の寄っているものかな。この家をとおして外の物音を聞いていると」というのである。この歌は、物の感じ方にしても、それの表し方にしても、よほど特色のある歌で、高く朗かな調子ではないが、どこかしみとおるような感じが表れている。『静けくも岸には波の寄りけるか』の『か』の詠嘆の用い方など、なかなか細かい心持を捉えている。そうして三句で切って、『これの屋通し聞きつつ居れば』と平凡に見える現実的な句で止めている所など、注意していい句法である。

*

玉《たま》くしげ三諸《みもろ》の山《やま》を行《ゆ》きしかば面白《おもしろ》くしていにしへ思《おも》ほゆ（巻七・一二四〇）　**古歌集**

三諸は神を祀った所をいうのであるから、幾つかあるのであろうが、今の三輪山が古くから最も有名なのである。これもそれと見てさしつかえないと思う。『玉くしげ』は枕詞。一首の意味は、「三諸の山を行って見たらば、山の姿がおもしろくて、昔から人々が神を祭る所として尊んだことが思われる」というのであろう。この一首は前の歌などとはまた大いに趣を異にするので、万葉集の中でも素樸な古調に属すべきものであろう。この『面白くしていにしへ思ほゆ』というような句法にも、なかなかいいものがあると思う。

＊

春《はる》がすみ井《ゐ》の上《へ》ゆ直《ただ》に道《みち》はあれど君《きみ》に会《あ》はむとたもとほり来《く》も（巻七・一二五六）　**古歌集**

古歌集の歌であるが、「臨時」という題詞がついている。時に応じて作った歌という意であろう。『春がすみ』は枕詞である。「井戸のところから直ぐに道はありますけれども、あなたに会おうかと思って廻り道してまいります」という意である。村の少女たちが井戸に集って水を汲む時の歌であろう。道草を食って、男と会ったりするのは、いかにも民謡的な構想である。

＊

佐《さ》伯《へき》山《やま》卯《う》の花《はな》持《も》ちしかなしきが手《て》をし取《と》りてば花《はな》は散《ち》るとも（巻七・一二五九）　**古歌集**

『佐伯山』は摂《せっ》津《つ》にあると説かれてあるが、明かではない。一首の意は、「佐伯山で、卯の花を持っている愛らしい少女の、手をさえ取れば、花は散ってもかまわない」というのである。巻三に、

霰《あられ》降《ふ》り吉《き》志《し》美《み》が岳《たけ》を険《さか》しみと草《くさ》取《と》りかなわ妹《いも》が手《て》を取《と》る（巻三・三八五）　**仙柘枝《やまびとつみのえ》**

があり、これを柘枝《つみのえ》という仙女の歌とされているが、これはさらに肥《ひ》前《ぜん》国の風土記に見える、

『あられ降る杵島が岳を険《さか》しみと草採りかねて妹が手を取る』という歌から転訛したのであろうといわれている。それはとにかくとして、『かなしきが手をし取りてば花は散るとも』という様な感じ方は、割合に一般的であり、常識的で民謡の中などでは、よく発達し得る種類のものなのであろう。この歌なども一般的に愛好されそうな歌であるが、以上いう類歌のことも念頭に置いて価値判断をする方がよいと思う。

*

暁《あかとき》と夜烏《よがらす》鳴けどこの丘《をか》の木末《こぬれ》の上《うへ》はいまだ静《しづ》けし（巻七・一二六三）　**古歌集**

一首の意は、「明方になったので夜烏が鳴くけれども、この丘の梢の上はまだ静かである」というのである。一首の結構が複雑なのに、緊密で要領を得た作である。多分、女の家に一夜を明した男の歌なのであろう。それにしても『夜烏鳴けど』と『いまだ静けし』とを余り対立させるようになれば、歌としては浅くなるであろうと思う。高い山の上に家居している人の静かな朝の歌と見ればよいが、ただこの時代の歌風の常識からすれば、前にいうように後朝の歌のように思われるのである。

以上数首は古歌集に出ているといわれるものである。

＊

海原《うなばら》の道遠《みちとほ》みかも月読《つくよみ》の光《ひかり》すくなき夜《よ》はくだちつつ（巻七・一〇七五）　**作者未詳**

巻七の月を詠ずる歌である。巻七には前に述べた如く、柿本人麿歌集や古歌集からの歌が入っているが、それ以外のものは作者についても、また年代についてもいっそう手がかりのない作である。歌風から推定すれば万葉集の中でも割合に新しい時代のものではないかと思う。『海原の道』は「海の上の船路」であろう。あるいは海沿いの道という意味であるかも知れないがそう取るのは無理であろう。『月読の光すくなき』はよく実景を捉えている句で、こういう歌の作者にもなかなかしっかりした力量のあったことが分るのである。『くだちつつ』は「だんだん夜がふけて」という意味である。一首の意は、「海の上の道は遠いためであろうか。月の光のかすかにほのかな夜はふけにふけてゆく」というのである。詠み方が地味であって、特殊な捉え方をしている点、万葉集でも初期の素樸な歌風などと、だんだんに違った所ができているのを注意すべきであろう。

＊

ぬばたまの夜渡《よわた》る月《つき》をとどめむに西《にし》の山辺《やまべ》に関《せき》もあらぬかも（巻七・一〇七七）　**作者未詳**

『ぬばたまの』は枕詞。「夜の空を過ぎゆく月をとどめようと思うが、西の方の山の辺に関があってくれればいいが」という意である。『あらぬかも』は願望の意に用いたのである。月をとどめるというような見方は、初期の主客混交の自然観に似てはいるけれども、実ははなはだしく違うので、自然と作者とが全く離れてしまった後に、作者とは別な者としての自然に、作者の意志を投入しようという心持から発達したものであろう。それにしても、万葉のこの辺の感じ方は、例えば古歌集の『あかなくにまだきも月の隠くるるか山の端逃げて入れずもあらなむ』というような感じ方に比べれば、ずっと単純なのである。複雑に分化して行ったという点からいえば『山の端逃げて入れずもあらなむ』というような感じ方は、巧妙を極めたものということになるのであるが、それはまたうるさくなって、人間自然の情感から離れてくるということからいえば、抒情詩としては堕落といえるのである。

*

みもろつく三輪山《みわやまみ》見ればこもりくの初瀬《はつせ》の檜原《ひばら》おもほゆるかも(巻七・一〇九五)　**作者未詳**

山を詠ずる歌である。『みもろつく』『こもりくの』は枕詞。「三輪山を見ればその山に続いている初瀬の檜原のさまが思われる」という意味である。『初瀬』は今の大和の初瀬の町ばかりでなく、あの渓谷をもっと広くいっているのであろう。この歌も、初句三句に枕詞を置いたこと、一首の構成が極めて単純なことなどからして、おそらくは古体の歌が唱え伝えられつつあって、ここに採録されたものであろう。枕詞は大体万葉集の時代でも、実際上の意味を表す役目からは退化してしまったものが多くなっていたと思うから、この歌がわれわれに単純に響くと同じく、万葉時代の人々にも単純に響いたものであろう。それでいてこの歌は誦してみると、どこか快感があり、どこか表出されている情緒を感ずる。それはおそらく一首の声調の構造から来るものであろうと思う。歌うにつれて、快感を与えるこの歌の如きは、抒情詩としての短歌の最も本源的の要素を備えているものであって、だんだん短歌の意味が複雑になっていく一面には、こういう歌によって、短歌の最も基本的な要素というものを味うのも必要なことではないかと思う。

＊

大君《おほきみ》の三笠《みかさ》の山《やま》の帯《おび》にせる細谷川《ほそたにがわ》の音《おと》のさやけさ（巻七・一一〇二）　**作者未詳**

『大君の』は枕詞として用いたのである。『三笠の山の帯にせる』は「帯のように巻いている」という意味であろう。三笠の縁語として用いたという風にもみえる歌であるが、これはおそらくそういう意図があっての歌ではあるまい。『細谷川』は地名とも取れないことはないが、ささやかなる谷川という意味で、普通名詞としてとってさしつかえない。一首の意は、「三笠の山が帯にして巻いている細谷川の音のすがすがしいことかな」というのである。この歌も、音調上からもまた意味の上からも、極めて簡素な効果を上げている歌で、巻七にはこういう透明な歌風が多く目につくのである。古歌集に、「承知のおほむべのきびの歌」として『まがね吹く吉備《きび》の中山帯にせる細谷川の音のさやけさ』として載せてあるのは、この歌を吉備の国の歌にそのまま利用して地名だけを変えたものであろう。

＊

佐保川《さほがは》の清《きよ》き川原《かはら》に鳴《な》く千鳥《ちどり》かはづと二つ忘《わす》かねつも（巻七・一一二三）　**作者未詳**

鳥を詠ずる歌である。『佐保川』は奈良の佐保川である。「佐保川の清い川原に鳴く千鳥よ。かわずと二つながら忘れかねるよ」というのである。

『かはづと二つ』という所は巧ないい方をしている。いくぶん思いつきのように見えないでもないが、やはり事実に即して千鳥がなき、かわずがなく佐保川の心象が強く働いていて始めて得られる句法であろう。こういう細かい技巧になると、古人もなかなか進んだやり方をしておったと思わせる。

＊

馬酔木《あしび》なす栄《さか》えし君《きみ》が掘《ほ》りし井《ゐ》の石井《いはゐ》の水《みづ》は飲《の》めど飽《あ》かぬかも（巻七・一一二八）　**作者未詳**

井を詠じたのである。『馬酔木なす』は「アシビのように」という意味であるが、前に大来皇女の歌について述べたように、アシビの花をばこの時代の人は非常に美しいものと感じていたから、こういう譬喩《ひゆ》にも用いたのであろう。『アシビの花の美しく咲き盛るように、栄えた君が掘ったこの石井の水は清くめでたくて飲んでも飽くことを知らぬ」というのである。『石井』は石に囲まれた井戸である。この歌などは、むしろ掘り井戸を讃美するために作られた形式的の歌であろうが、全体に嫌味のないのは時代のたまものであろう。

＊

しなが鳥《どり》猪名野《ゐなぬ》を来《く》れば有間山《ありまやま》夕霧立《ゆふぎりた》ちぬ宿《やど》りは無《な》くて（巻七・一一四〇）　**作者未詳**

摂津《せっつ》（今の兵庫県）で作られた旅行の歌である。『しなが鳥』は枕詞。「猪名野を来れば、有間山にはいつか夕霧が立った。宿るべき所はなくして」というだけの意味である。前に挙げた黒人の旅行の歌、ことに『いづくにか我は宿らむ高島の勝野の原にこの日暮れなば』などと気持の似た所のある歌で、幾分軽くはなっているが、『有間山夕霧立ちぬ』の句などよく据っている。猪名野は猪名川の平野。

＊

大伴《おほとも》の三津《みつ》の浜辺《はまべ》をうちさらし寄《よ》り来《く》る波《なみ》の行方知《ゆくへし》らずも（巻七・一一五一）　**作者未詳**

同じ摂津の歌である。『大伴の』は枕詞。『三津の浜』は今の大阪の地であろうという。「三津の浜辺を、目に立って寄って来る波が行く所もなくなって消えている」というのである。『うちさらし』の『うち』は強めの接頭語、『さらし』は「人の目に立つように」という意味である。『うちさらし寄り来る波』はしらじら立ち来る波をいうのであるが、実景を捉えるばかりでなく、

『うちさらし』という語感には一種の寂しさがこもっているのである。作者にはそういう心持が奥にこもっていて、このことばを持って来たのであろう。結句は人麿の宇治川の歌を模したものではないかと思うが、一首全体は決して人麿の模倣ばかりとはいえないものがある。

＊

ささなみの連庫山《なみくらやま》に雲居《くもゐ》れば雨《あめ》ぞ降《ふ》るちふ帰《かへ》り来《こ》わが背《せ》（巻七・一一七〇）　**作者未詳**

『ささなみの』はすでにいった枕詞である。『連庫山』はどこか明らかでないが、逢坂山から比叡山の方へ連なる湖畔の山のどれかをいうのであろう。「連庫山に雲がつくと雨が降るということです。早く帰って来なさいよ、私の夫よ」というのである。この歌は旅の歌として上げられているが、あるいは旅の歌ではなく近江の湖水の畔などで行われた民謡ではないかと思われる。すなわち湖水に出て漁をする夫を待つ妻の心を歌っているのではあるまいか。そういう歌であるから、だいたいは常識的といえば常識的であるが、嫌味がなく、結句などには哀音をさえ帯びているように思う。

＊

足柄《あしがら》の箱根《はこね》飛《と》び越《こ》え行《ゆ》く鶴《たづ》のともしき見《み》れば大和《やまと》し思《おも》ほゆ（巻七・一一七五）　**作者未詳**

これも旅の歌である。「足柄の山を飛び越えてゆく鶴の、数少なく、もの寂しいさまをみれば、その行く方にある別れて来た大和のことが思われる」というのである。明かに旅行者の心理であるが、『箱根飛び越え行く鶴のともしき見れば』という句は実によい句でややともすれば見のがしそうにする、こういう光景をのがさずに捉えて、それに心を託した万葉歌人のことを思うと、現代の歌風と余り変らないので、歌などは進むように見えてもいつも一つところを右往左往しているにすぎないことが思われる。ただ万葉集中の歌として見れば、先例もあり、この歌だけをそう取り立てていうことはできないけれども。

＊

幸《さきはひ》のいかなる人《ひと》か黒髪《くろかみ》の白《しろ》くなるまで妹《いも》が声《こゑ》を聞《き》く（巻七・一四一一）　**作者未詳**

挽歌として載せられている。一首の意は「幸のいかばかり多い人であろうか。黒髪の白くなるまで妻の声を聞くよ」というのである。自ら妻を失った者が老いて妻と共に住む人を目のあたり見ての嘆声であろう。『幸のいかなる人か』といういい方も、理屈を離れて実際の声としてひびく。ことに結句の『妹が声を聞く』は事実からでなしに到達できない句であろう。

＊

わが背子《せこ》をいづく行《ゆ》かめとさき竹《たけ》の背向《そがひ》に寝《ね》しく今《いま》し悔《くや》しも（巻七・一四一二）　**作者未詳**

『さき竹の』は枕詞である。一首の意は、「私の夫をばどこへいこう、どこへも行くものではな

いと思って、後向きに寝たのが今は残念である」というのである。『寝しく』は「寝し」と同じ意味である。巻十四東歌の中に、

愛《かな》し妹《いも》を何方《いづち》行《ゆ》かめと山菅《やますげ》の背向《そがひ》に寝《ね》しく今《いま》し悔《くや》しも　(巻十四・三五七七)　**作者未詳**

がある。全く同一の歌であるが、夫を思う歌を、妻を思う歌に変えただけである。『さき竹の』も『山菅の』も枕詞として似通って使われていたのであろう。『背向に寝しく』というような句は、今よんでも極めて現実的に響くのであるが、そこが恋々として亡き妻なり夫なりを悲しむ人の心をまざまざと見せていて、傷ましいくらい実感の強い歌となっている。二首を比べれば、やはり巻七の方が原形であろうか。『背向に寝しく』の句は、女の立場としての力が強くひびくようである。

＊

うちなびく春立《はるた》ちぬらしわが門《かど》の柳《やなぎ》の末《うれ》に鶯鳴《うぐひすな》きつ　(巻十・一八一九)　**作者未詳**

巻十にも人麿歌集、古歌集があるが、以下はそれらの歌集からでないものである。巻十もだいたいの歌風は新らしく、巻七に似た所がはなはだ多い。

『うちなびく』は枕詞であるが、自然に春の草木の様を表すことばになっている。この歌は極めて淡々として自然に対しているので、自然諷詠の一つの型にはまっているように見えるところも

あるが、それはむしろ後の時代から顧みてそうなるので、万葉のこの時代では、一種清新の気のあった歌であろう。古い歌風と比較すれば、そのことは明らかである。

＊

春霞《はるがすみ》ながるるなべに青柳《あをやぎ》の枝《えだ》くひ持《も》ちて鶯《うぐひす》鳴《な》くも（巻十・一八二一）　**作者未詳**

一首の意は、「春霞のたなびくのと共に、青柳の枝をくわえ持って鶯が鳴くよ」というのである。『枝くひ持ちて』は幾分誇張のようにも見える。鶴の小松をくわえつつ飛ぶ図柄は古い工芸品にも見えるのであるから、あるいはそういう所の影響もあるかとも思われる。全体がいくぶん模様風に見える歌ではあるが、またその点が他の歌の行き方と異って、この歌の注意される点であろう。

＊

風交《かぜまじ》り雪《ゆき》は降《ふ》りつつしかすがに霞《かすみ》たなびき春《はる》さりにけり（巻十・一八三六）　**作者未詳**

『風交り雪は降りつつ』は風の吹く中を雪のふることである。憶良の貧窮問答の歌にも『風交り　雨降る夜の　雨交り　雪降る夜は』という句がある。『春さる』は春の来ること。一首の意は「風に交って雪は降っているが、しかしながら霞がたなびく春になった」というのである。第四句を『霞たなびき』と訓み、「雪が降っていると一緒に霞もたなびいていて」という現実の景色としては、妙なことになるのであるが、もっとも、そういう特殊な天候もたまにはないこともないかもしれない。これは古今集の『春霞立てるやいづこみ吉野の吉野の山に雪はふりつつ』などに移って行く歌風で、万葉集の中では、最も新らしい方に属するのであるが、それでも、『風交り雪は降りつつ』にしても『しかすがに』の用法にしても、まだまだ万葉集の一風格を保っていて、古今集のただのっぺりとしたのとは違うのである。

*

うちなびく春《はる》さり来《く》らし山《やま》のまの遠《とほ》き木末《こぬれ》の咲《さ》きゆく見《み》れば（巻十・一八六五）　**作者未詳**

『うちなびく』は春の枕詞であるが、これなど春になって草木が皆やわらかに萌える様をいい得ている修飾語であろう。一首の意は「春になってくるらしい。山のあたりの遠くの木のこずえが、花が咲いていくのを見れば」というのである。これも古今集の『桜花咲きにけらしなあしひきの山のかひより見ゆるしら雲』などに比すると、さすがに万葉集の歌は末期になっても、なお素直さを失わないことが知れよう。

*

春日野《かすがぬ》に煙立《けむりた》つ見《み》ゆ少女等《をとめら》し春野《はるぬ》のうはぎ採《つ》みて煮《に》らしも（巻十・一八七九）　**作者未詳**

「春日野に煙の立つのが見える。少女らが春の野に遊んでヨメナを採んで煮るのであろう」というのである。『うはぎ』はヨメナや川原ヨモギの類であろう。

＊

朝戸出《あさとで》の君《きみ》が姿《すがた》をよく見《み》ずて長《なが》き春日《はるひ》を恋《こ》ひや暮《く》らさむ（巻十・一九二五）　**作者未詳**

「別を悲しむ」と題がつけてある。「朝の出かけの君の姿をよく見なかったので、長い春の一日を恋いこがれながら暮らすことでありましょう」というのである。夜毎に通い来る夫に対する妻の嘆きである。『よく見ずて』は此の一首の主眼であるが、平俗な言葉のうちに率直に感情を表すのは、万葉人に恵まれた天のたまものとでもいうべきであろう。

＊

九月《ながつき》の時雨《しぐれ》の雨《あめ》にぬれとほり春日《かすが》の山《やま》は色《いろ》づきにけり（巻十・二一八〇）　**作者未詳**

『九月は』もちろん陰暦でいうのであるから、太陽暦の十月か十一月の感じである。この一首も何の奇も求めていない歌で、内容はあまりないのであるが、それだけに平明で淡々としたいい方の中に、よく事象を捉えているのである。

＊

君《きみ》に恋《こ》ひしなえうらぶれわが居《を》れば秋風《あきかぜ》吹《ふ》きて月《つき》かたぶきぬ（巻十・二二九八）　**作者未詳**

月に寄せる歌である。「君に恋いこがれて心しなえさびしくしておりますと、秋風が吹いて月が傾いた」というのである。巻十の歌はこういう恋愛歌にしても、巻十一、巻十二あたりの民謡的なのと少しく行き方を異にしている。自然諷詠のうちに自ら感情を託そうというやり方である。額田王の『君待つと吾が恋ひ居ればわが宿のすだれうごかし秋の風ふく』などを先例として発達した一風体とみえる。

わが背子《せこ》を今《いま》か今《いま》かと出《い》で見《み》れば沫雪《あわゆき》ふれり庭《には》もほどろに（巻十・二三二三）　**作者未詳**

など全く行き方を等しくしている。

＊

思《おも》はぬに到《いた》らば妹《いも》がうれしみと笑《ゑ》まむ眉引《まよびき》思《おも》ほゆるかも（巻十一・二五四六）　**作者未詳**

「思いがけぬのに、行ったならば、妹がうれしいとよろこんで、笑まう顔の眉引の様子が思われるよ」というのである。遠い通路をゆく男が、心ひそかに誦しつつ、自らもうれしさを深く押しかくして道を急ぐのであろう。初句を「待つらむ」に下句を「姿を行きて早見む」として、同じく巻十一に載せているが、その方は余りつじつまが合いすぎて歌の感動を浅くしている。

＊

相見《あひみ》てはいくばく久《ひさ》もあらなくに年月《としつき》の如思《ごとおも》ほゆるかも　（巻十二・二五八三）　**作者未詳**

「会ってからいくらも長いことはないのに、もう長い年月のように思われますよ」というのである。理知的にいえば極めて平俗の考え方で、同じ万葉集の中にも、こういう歌は何首かあり、その後の民謡的表現にも無数にあるものであるが、比較的単純にいい切っているのは注意してよい。

＊

奥山《おくやま》のま木《き》の板戸《いたど》を音速《おとはや》み妹《いも》があたりの霜《しも》の上《うへ》に寝《ね》ぬ　（巻十一・二六一六）　**作者未詳**

『奥山の』は枕詞である。『ま木』はただ木ということである。「木造の板戸が手を触れるとすぐ音がするので、人をはばかって板戸をあけ妹の床に入ることもせず、その家のほとりの霜の置いてある上に寝ましたよ」というのである。全体が実景実感というよりは、むしろ詩的想像の所産であることが明かであり、誇張があり機構が目立つのである。しかしこういうのも、民謡には普通の行き方の一つであるから、一例として上げるのである。

＊

燈《ともしび》のかげにかがよふ現身《うつせみ》の妹《いも》が笑《ゑまひ》しおもかげに見《み》ゆ（巻十一・二六四二）　**作者未詳**

「燈の光りを受けてかがやく現身の妹の笑いがおもかげに見える」というのである。『燈のかげ』というのは、宴会などの場合と思われるが、全体が花やかな光景を感じさせる。前の『思はぬに到らば』の歌などとは違って、独り喜ぶよりは他人に謡い聞かせるのを目的としているような所のある歌である。謡い物として発達したのであろう。

＊

馬《うま》の音《おと》のとどともすれば松蔭《まつかげ》に出《い》でてぞ見《み》つるけだし君《きみ》かと（巻十一・二六五三）　**作者未詳**

「馬の足音がとっとと響くのを聞くというと、松の木蔭のところに出てみましたよ、もしかすると来たのは君かと思って」というのである。これも一首全体としては、構想が目立ちすぎて少し芝居じみて聞えるくらいである。しかし『松蔭に出でてぞ見つる』などといういい方は実に巧で、短歌としては複雑すぎるくらいの内容を、よく現実的に浮び上らせている。

＊

ま袖《そで》もち床《とこ》うち払《はら》ひ君待《きみま》つと居《を》りし間《あひだ》に月《つき》かたぶきぬ　（巻十一・二六六七）　**作者未詳**

「両袖で床をうち払い清めながら、君の来るのを待とうと坐っている間に、月が傾きました」というのである。この歌にもいくぶん民謡的構想を加えた跡があって『ま袖もち床うち払ひ』などは少し進んだ読者には、あまさがいとわしく感ぜられるかも知れない。

＊

窓越《まどご》しに月《つき》おし照《て》りてあしひきのあらし吹《ふ》く夜《よ》は君《きみ》をしぞ思《おも》ふ　（巻十一・二六七九）　**作者未詳**

同じ巻十一の歌ながら、少し行き方を異にしている。『あしひきの』は山につく枕詞であるが、ここは「山のあらし」というつもりで用いているのであろう。「窓ごしに月が照らしていて、その月光の中を、山から吹き下す寒い風が吹いている」などというのは、自然の見方としても相当進んだ見方というべきであろう。そういう光景の中にあつて『君をしぞ思ふ』とおのずからの感慨を表したのが、音調の方からも強く響いている。作者未詳の歌ではあるが、いわゆる民謡的な常識追従の跡もなく低俗に堕していない、風格のある歌である。

＊

あしひきの山鳥《やまどり》の尾《を》の一峯《ひとを》越《こ》え一目《ひとめ》見《み》し子《こ》に恋《こ》ふべきものか（巻十一・二六九四）　**作者未詳**

初句二句は『一峯』というために装飾的につけられた序歌である。「山ひとつ越えて行って、ただ一目見たのみの少女に、恋いこがれるというべきものでしょうか」という意である。『か』は、疑問であり同時に詠嘆である。『一峯越え』は実感よりは『一目見し子に』と語路を合せた句であろう。そういう所があるので、この歌は一首の効果は決して強く高尚なものではない。民謡的常識の範囲を出ない作であるが、その甘美な口調は初学者には相当に興味を引くものとみえる。

＊

くれなゐの浅葉《あさは》の野《ぬ》らに刈《か》る草《かや》の束《つか》の間《あひだ》も我《わ》を忘《わす》らすな（巻十一・二七六三）　**作者未詳**

『くれなゐの』は枕詞である。『浅葉の野』は地名であろうが、はっきりしない。『野ら』の『ら』は意味のない接尾辞である。上句全体が『束の間』という句をかざるために置かれた序歌である。持統天皇の皇太子日並皇子の御歌に、

大名児《おほなこ》を彼方野辺《をちかたぬべ》に刈《か》る草《かや》の束《つか》のあひだも我忘《われわす》れめや（巻二・一一〇）　**日並皇子**

というのがあるが、これは「大名児（女の名）をば少しの間も私は忘れようか。忘れられぬ」という意であるが、この巻十一の歌になると相手の女の名も失われ、『我忘れめや』という強いいい方が『我を忘らすな』となだらかないい方に変っている。これなども個人の作品が、次第に角がとれて、なだらかな民謡となる一経路を示すもので、そのうちに歌の高下について考うべき問題も含まれている面白い実例ということができよう。巻四の人麿の作に『夏野ゆく男鹿の角の束の間も妹が心を忘れて思へや』というのもある。

＊

わが背子《せこ》を今《いま》か今《いま》かと待《ま》ち居《を》るに夜《よ》のふけぬれば嘆《なげ》きつるかも（巻十二・二八六四）　**作者未詳**

巻十二の正述心緒の歌であるが、一首の構成の単純なのが第一目につく。「わが背子の来るのを、今か今かと待っているうちに、そのわが背子は来ずに夜がふけてしまったので嘆息した」というのである。「今か今か」とは民謡通有のいい方であろうが、結句の『嘆きつるかも』は民謡としては珍しいくらい単純にいい据えてある。作者未詳の歌にもこうした所もあるのである。

＊

夕《ゆふ》さらば君《きみ》に会《あ》はむと思《おも》へこそ日《ひ》の暮《く》るらくもうれしかりけれ（巻十二・二九二二）　**作者未詳**

「夕方になったならば君に会おうと思えばこそ、日の暮れるのもうれしくあった」というのである。『暮るらく』は「暮るる」である。これも単純な点が目につくのであるが、結句の『うれしかりけれ』は素直にいい得て感情の出ている句である。光明皇后の「この降る雪のうれしからまし」は前にのべたが、この歌にも皇后の御歌と幾らか共通な感じが出ている。それは単に『うれし』という語ばかりではなく、むしろ前後の音調によるものと思われる。

＊

あしひきの山《やま》より出《い》づる月待《つきま》つと人《ひと》にはいひて妹待《いもま》つ我《われ》を（巻十二・三〇〇二）　**作者未詳**

一首の意は「山から出る月を待つと他人にはいって、妹を待つよ、私は」というのである。『我を』の『を』は詠嘆の辞である。この歌は、巻十三には長歌の終りの五句として載せられ、それには『君待つ我を』となっている。つまりこの歌とは男女の位置が変っているのであるが、そういう改変は、歌を誦し伝える時に、しばしば起ることで、既にいくつかの例に出会った如くである。

この歌にも思いつきがあり、機智があるのであるが、それは大衆的常識的なもので、余り高い価値を置くべきものではない。

＊

さ檜《ひ》の隈檜《くまひ》の隈川《くまかは》に馬《うま》とどめ馬《うま》に水飼《みづか》へ我《われ》よそに見《み》む（巻十二・三〇九七）　**作者未詳**

『檜の隈川』は大和の高市郡にある。『さ檜の隈』はただ添えた語で、このいい方は「み吉野の吉野」などと同じだといわれている。一首の意は「檜の隈川に馬をとめて、馬に水を飲ませなさい。それを私はよそながら見ましょう」というのである。親しみ合った男の旅立ちゆく時などの歌であろうと思うが、この歌も一首の音調がいかにもなだらかで、その内容も牧歌的な好詩境であるから、広く伝誦して流行したものとみえる。古今集巻二十に「ひるめのうた」として『ささのくま檜の隈川に駒《こま》とめてしばし水かへかげをだに見む』と載せてあるのは、この歌の改変を経たものであろう。調子がよほど低くなっている。

＊

悪木山《あしきやま》木末《こぬれ》ことごと明日《あす》よりはなびきたりこそ妹《いも》があたり見《み》む（巻十二・三一五五）　**作者未詳**

『悪木山』は地名のようであるが、今のどこか明かではない。「悪木山の木梢はことごとく明日からはなびいておれよ、それによって妹が家のあたりを見よう」というのである。人麿の石見の国から妻に別れて上京する時の長歌の句に『妹が門見む　なびけこの山』というのがあり、これは有名であり、また集中の佳句であるが、考え方はこの歌のもそれに近いのである。ただし、この歌では山を直ちになびけというような表現をさけて、『木末』に「なびけ」といっているのである。そこが理知的には「なびけこの山」という無理ないい方を幾分緩和しているのであるが、歌として人に訴えるところはそのため、ひどく弱くなっているのである。「ことごとく」と副詞を用いたところも、意味を強めているようであって、効果をそぐことがひどく目につくのである。

＊

敷島《しきしま》の日本《やまと》の国《くに》に人《ひと》二人《ふたり》ありとし思《おも》はば何《なに》か嘆《なげ》かむ（巻十三・三二四九）　**作者未詳**

一首の意は「敷島の日本の国に私の思う人が二人あると思ったら、何をか嘆きましょう」というのである。すなわち「ただ一人の君を思うがためにかくまで嘆きをする」というところである。『わが思ふ人はただ一人のみ』という歌は出てきたが、こういう気持を歌った歌は、万葉集中になお何首か拾うことができる。この歌は結句の調子などに、やさしい心の出ているよい所はあるが、全体としては少しく概括にすぎていて、訴える力が弱いようである。この歌の長歌があるが、それは万葉集の長歌の中でも極めて短小な形のものであって、むしろ短歌の足りない所がうかがえるような歌である。これとてももちろん民謡として常識的通俗的なところはあるのであるが、民謡のよい特色たる万人に広く訴えるという点もよく具えている。可憐な心持には同情すべきものがある。

敷島《しきしま》の　日本《やまと》の国《くに》に　人多《ひとさは》に　満《み》ちてあれども　藤浪《ふぢなみ》の　思《おも》ひまつはり　若草《わかぐさ》の
思《おも》ひつきにし　君《きみ》が目《め》に　恋《こひ》や明《あ》かさむ　長《なが》きこの夜《よ》を（巻十三・三二四八）

以上巻七から、巻十、巻十一、巻十二、巻十三の作者未詳の歌を上げてみたのであるが、作者未詳の歌の真価については、その時々に指摘しておいたつもりである。作者未詳の歌には作者の名がいつとはなしに逸脱したものもあろう。またことさらに作者の名を出すことを避けたものもあろう。しかしその大部分はいわゆる民謡であって、事実一個人を作者としてあげることの不可能なものであろう。強いていわば、作者は一個人ならぬ民族心であり、集団精神であろう。そういうものは、一個人の経験では達せられないような、民族的ないし集団的経験をよくいいあらわすから、広く訴えるという点では、個人の作品よりすぐれていることがある。しかし高い芸術的経験というものは、結局個人心理のみの事実であって、集団的の精神から作られた作品というものは、終に常識的、万人共通的であるだけで、深く各個人の心の底に食い入り、強く個人の心理に訴えるという力が弱い。これは万葉集の作者未詳の歌を理解し評価するには、是非念頭におかねばならぬことである。といって、この結論は、また万葉集それ自体を忠実に吟味することから帰納したことであって、決して空想の論ではない。実際歌数の少くない巻十一、巻十二あたりから、少し特色ある歌を拾うとなると、なかなか拾えないのである。それに比べると、巻一、巻二は無論のこと、他の巻々でも作者のある歌は、一応平凡のように見えても、何か実際そのものを含んでいて捨て難いところがあるのである。初学者には巻十一、十二あたりの平俗安易な調子が第一に感応することと思うが、それに満足停滞せず、さらに進んで、巻一、巻二あたりの高い所を味い得るようにすべきである。

このことは、次の巻十四の東歌《あずまうた》についても、大体同様にいえるのである。東歌は皆作者未詳であるが、それは他の作者未詳、ことに巻十一、巻十二あたりの歌に比すると、遥かに力強く、個人製作ではないが、どこか生々しい経験が歌われて、万葉集の一特色たるには相違ないのである。しかし、それでも巻一、巻二あたりに比すると、へだたりを認めないわけには行かないのである。万葉集の歌は、面白いところを拾いあげれば、もちろん皆面白い。けれども真に味う態度としては、そういう漠然たることではいけない。各作品を比較して、僅少の価値の相違をも、間違なく上下に順序づけ得られるぐらいでなければならぬ。東歌は面白い、しかしただ面白いというよりも、どの程度に面白いかということを問題にしなければならない。それには大体以上いうようなことがいえるのである。そしてその上は、さらに進んで各一首一首について、各自が自分自分の評価を持つ所まで達しなければならない。

＊

夏麻《なつそ》引《ひ》く海上潟《うみかみがた》の沖《おき》つ洲《す》に船《ふね》はとどめむさ夜《よ》ふけにけり（巻十四・三三四八）　**上総《かずさ》の国の歌**

東歌には国名の不明のものもあるが、これは上総の国の歌と注記されてある。『夏麻引く』は枕詞。『海上潟』は海上にある潟であろう。海上という地名は、今は下総の郡名に残っているが、古くは上総にも海上郡があり、今は市原郡に合併されている。すなわち東京湾に臨んだ姉ケ崎附近である。『沖つ洲』というのも、遠浅の海であるあの辺の地勢によくかなっている。この歌は高市黒人の歌に、

わが船《ふね》は比良《ひら》の港《みなと》にこぎ泊《は》てむ沖《おき》へなさかりさ夜《よ》ふけにけり（巻三・二七四）

というのがあって、よく似ている。歌の風体からいっても、旅行者の作らしくみえ、とくに東歌らしくないのであるが、東歌の中には必ずしも東国で東国人の手に作られなくも、東国の地名または東歌の訛《なまり》を含んだ歌が混じているらしいから、これなども地名によって東歌の中に入れられたのかも知れぬ。

*

信濃《しなの》の国の歌

信濃《しなぬ》なる須賀《すが》の荒野《あらの》にほととぎす鳴《な》く声《こゑ》きけば時《とき》すぎにけり（巻十四・三三五二）

これも信濃の国の人の歌でなく、都人の旅中の作であろうといわれるほど、歌体は東歌らしくない。『須賀』は今の東筑摩郡の宗賀村のあたりといわれるが、それも確かなことは分らない。『時すぎにけり』は何の時がすぎたのか、あるいは女に会うべき時と解し、あるいは農耕の時と解している。もちろんこういう歌は、口々に誦え伝えるのであるから、その時々の誦する人の必

要によって、どのようにも適用できるように作られてあり、それが民謡としての特色でもあり伝播力の強いゆえんでもあるのであるが、初めのは恋人に会うべき時がすぎたという所から成立した歌ではないかと思う。

＊

天《あま》の原富士《はらふじ》の柴山木《しばやまこ》の暗《くれ》の時移《ときうつ》りなば会《あ》はずかもあらむ（巻十四・三三五五）　**駿河《するが》の国の歌**

『富士の柴山』というのは、富士山麓裾野あたりの雑木の山をいうのであろう。一首の意は、「天の原に見える富士の山のふもとの柴山の、木立の茂った時期が移ってしまったら、恋人と会うことが出来なくなるであろうか」というのである。『木の暗』は、木の茂みの暗がりである。その茂みを利用できるうちに会おう。時が移って、落葉してしまえば、こうして二人が会う所もなくなることだろうという、女をさそいたてる男の心持をあらわした歌であろう。『木の暗』は「此の暮」というのにいいかけた序歌であるという説もあるが、従えない。

＊

霞《かすみ》ゐる富士《ふじ》の山《やま》びにわが来《き》なばいづち向《む》きてか妹《いも》が嘆《なげ》かむ（巻十四・三三五七）　**駿河の国の歌**

「霞のかかっている富士の山のほとりまで、私が来たならば、家に残して置いた妻はどっちの方を向いて、自分のことをしのび嘆くことであろうか」というのである。

同じ巻十四に、

植竹《うゑたけ》の本《もと》さへとよみ出《い》でていなばいづし向《む》きてか妹《いも》が嘆《なげ》かむ （巻十四・三四七四）　**未勘国《みかんこく》の歌**

というのがある。「生えている竹の下に音を立てるほどにして、妻の家を立ち去ったならば、妻は何方を向いて嘆くことであろうか」というので、全く同想の歌である。『いづし』は東国の語であろう。この方になると、男の動作までが目に見えるように歌ってあり、印象を明瞭に残すところは近代の文学のような所があるが、『富士の山びに』という、牧歌的な中に豊かに大きい響を持っているのもまた、なかなか捨て難いのである。「未勘国の歌」というのは国名の分らない東歌である。

＊

ま愛《がな》しみさ寝《ね》に我《わ》は行《ゆ》く鎌倉《かまくら》の美奈《みな》の瀬川《せがは》に潮満《しほみ》つなむか （巻十四・三三六六）　**相模《さがみ》の国の歌**

女の家に通う男の心持を歌っているのである。「可愛いので寝に私はゆく。鎌倉の美奈の瀬川に潮の満ちるころであろうか」というのである。『美奈の瀬川』は今も長谷の坂下に稲瀬川の名を留めているのがそれだという。『ま愛しみさ寝に我は行く』は、いかにも民謡的な感動で、面白いのである。下句は美奈瀬川の岸を伝いゆく時の若者の口ずさみをさながらに聞く感がある。

＊

人《ひと》みなのことは絶《た》ゆとも埴科《はにしな》の石井《いしゐ》の手児《てこ》がことな絶《た》えそね （巻十四・三三九八） **信濃の国の歌**

「多くの人との間は絶えても、埴科の石井の手児との間は絶えることなかれよ」というのである。『埴科』は今も存する地名であり、石井という地名もあるが、昔のままかどうかは分らない。『手児』は「真間の手古奈」などと同じく少女という意味である。これは女の子の名前にもよく用いられた。おそらく当時の人は『手児』という語から、すぐに美しい少女を連想するような語感があったのではないかと思う。この歌なども「石井の手児」と指示するだけで、少しもその説明にはわたっていないのであるが、それで自然に一種のやさしい感じを起させるのである。

＊

あが恋《こひ》はまさかもかなし草枕多胡《くさまくらたこ》の入野《いりぬ》のおくもかなしも （巻十四・三四〇三） **上野《かうづけ》の国の歌**

『まさか』は現在ということである。『草枕』は枕詞。「私の恋い思う心は、今も切なく感ぜられるが、後々のことも切なく感ぜられる」というのである。『おく』は後、未来である。『草枕多胡の入野の』は『おく』というための序歌である。この歌も民謡としては、いい方が単純で、清楚なところが珍らしく感ぜられる。多胡は和銅四年に置かれた郡名であるが、同じ地名はその前からあったものであろう。今は多野郡に合せられている。「多胡の入野」は今の多胡の碑の残っている、あの辺の山の間に入りこんである田野をいうのであろう。地図をみると「入」という部落名なども目につく。

*

下野《しもつけ》の国の歌

下毛野《しもつけぬ》みかもの山《やま》の小楢《こなら》のす目《ま》ぐはし児《こ》ろは誰《た》がけかもたむ（巻十四・三四二四）

『みかもの山』は今佐野町の東一里ばかりにその名がある。『のす』は「なす」の訛で「ごとき」という意。『け』は器物であるが、特に食器のことをいうのである。「下野のみかもの山の小楢のように可愛らしい少女は、誰の食器を持つことであろう」というのである。『けをもつ』を妻になることとも説いているが、そこまでは考えなくともよい。小楢の若萌の柔かいのに少女をたとえるのからして既に牧歌的であるが、その少女は誰の食器を持つであろうかというのである。山野に出て働く農人のために、その妻や子が食器に食物を盛って運ぶことは、今もよく見る光景である。若い美しい少女が食器を持って春の野を横ぎりゆくのを見て、野に立つ男どもの歌った歌と解すれば、十分に味うことができるのである。あるいは『誰がけかもたむ』は「誰ば来《け》か待《も》たむ」の訛りで、「誰の来るのを待つのであろうか」の意であろうか。それなら、いっそうすっきりとした感じになろう。

＊

下毛野《しもつけぬ》安蘇《あそ》の川原《かはら》よ石踏《いしふ》まず空《そら》ゆと来《き》ぬよ汝《な》が心告《こころの》れ（巻十四・三四二五）　**下野の国の歌**

『安蘇の川原』は今の渡瀬川であろう。『石踏まず』は足が地につかないことである。「安蘇の川原を石も足につかず、空中を飛ぶが如くにして来たよ。さあお前の心を言ってくれ」というのである。少女を前にして男の口説の心であろう。『石踏まず』は少しく巧のある語であり、『空ゆと来ぬよ』も言葉を飾っていることがある程度は目立つのであるが、結句の『汝が心告れ』が強く据っているので、以上の欠点はよほど補われ、嫌味というほどのものは感じられない。しかし、この歌では、実感よりも民謡的常識の方が、強く響いている点は見のがせまい。

＊

都武賀野《つむがぬ》に鈴《すず》が音《おと》きこゆ上志太《かむしだ》の殿《との》のなかちし鳥狩《とがり》すらしも（巻十四・三四三八）　**未勘国の歌**

『都武賀野』は駿河であろうといわれる。『鈴が音』は鷹につけた鈴の音である。『上志太』も今の志多の地であろう。「都武賀野に鈴の音がきこえる。上志太の殿様の次男坊が鷹狩をするらしい」というのである。『なかち』は兄弟の中間の子をいうのである。この歌などは、民謡中のことに民謡らしく響く歌で、事実鷹狩を見てその光景を歌っているというよりも、何か祝宴などの時に謡物として用いた歌のように思われる。

＊

おもしろき野《ぬ》をばな焼《や》きそ古草《ふるくさ》に新草《にひくさ》まじり生《お》ひば生《お》ふるがに（巻十四・三四五二）　**未勘国の歌**

「野を焼く」のは火田の耕作法で、春野を焼いて種を播くのである。「面白い野はやくなよ、古草をそのままにして置いても、新しい草はそれに交って生えるなら生えようから」というのである。古草といい新草というのは、古いなじみの女に新しい女という譬喩であるともとれないことはない。しかしもっと簡単に、農耕者の一種の労働歌と見ればそうも見られる。いずれにしても『古草に新草まじり』というういい方は、民謡的常識ではあるが、面白い句である。

＊

稲《いね》つけばかがるあが手《て》を今宵《こよひ》もか殿《との》の若子《わくご》が取《と》りて嘆《なげ》かむ（巻十四・三四五九）　**未勘国の歌**

稲つき歌なのだろう。「稲をつけばあかがりのできる私の手を、今夜もまあ、殿の若子が取って嘆くことでありましょう」というのである。『殿の若子』は殿様の若様である。この歌を実際身分の違う殿様の若様と親しんでいる少女が、稲をつきながら歌った様にとるとしては、全体がよそよそしく、輪郭をのみいうに急であって、作者自身の感動を表白することを忘れている。これも要するに労働歌の一種であって、『殿の若子が取りて嘆かむ』などという詩的空想は、少女を感動させて幾らか仕事の能率を上げるに役立つものなのであろう。

東歌にはなお上げるべきものがあるが、方言の難解等を避けると案外少いのである。

*

春《はる》さらば挿頭《かざし》にせむとわが思《も》ひし桜《さくら》の花《はな》は散《ち》りにけるかも（巻十六・三七八六）

妹《いも》が名《な》にかけたる桜花《さくらはな》咲《さ》かば常《つね》にや恋《こ》ひむいや年《とし》のはに（巻十六・三七八七）

これは巻十六の物語のある歌というのの一つであるが、この歌の物語というものは、次のように伝えられている。

昔娘子《むかしおとめ》があった。字《な》を桜児《さくらこ》といった。時に二人の男が、共にこの娘に求婚して、互に命をすててあらそい、死を求めて張り合った。そこで娘子が嘆《なげ》き悲しんで言った。「昔から今にいたるまで、ひとりの女の身で、二つの家にとつぐということは聞いたことも見たこともない。男の心は静まりそうにないから、私が死んで二人の争《あらそい》が永久にやむようにすることにしたことはない」そのまま林の中に尋ね入って、樹に首をくくって死んだ。男は悲しんで血の涙が襟もとを流れるのにたえられず、各心持をのべて作った歌二首

しかしながら、この第一の歌はそういう物語を離れても解釈できる。すなわち「春にならば折って頭の飾りとしようと思った桜の花は散ってしまいましたよ」という、単なる桜花を惜しむ歌となるのである。あるいはそうした歌をこの伝説、すなわち歌物語の中に織り込んだものかも知

れぬ。次の歌はこの物語中の歌として作られたのであろう。「桜児という妹が名につけた、その桜の花が咲いたならば、いつもいつも妹のことを恋いしたいましょうよ。毎年毎年」というのである。もちろん、挙げられた物語の如く事実としてあった物語か、あるいは歌があって、その歌物語として物語を生じたのかは問題の存するところであろうが、今歌の価値のみについていえば、むしろ平凡低俗の歌であって特に取り上げる程のものではない。抒情詩としての短歌と叙事物語とはずいぶん根本が違うのであるから、歌物語に出ている歌は、歌としては多く面白くないものである。伊勢物語中の歌なども独立さして見ると、物語中で見るのより効果薄弱なものが多いのである。

*

法師《ほふし》らが鬚《ひげ》の剃《そり》ぐひ馬《うま》つなぎいたくな引《ひ》きそ法師《ほふし》は泣《な》かむ（巻十六・三八四六）　**作者未詳**

巻十六には若干の滑稽歌がある。けれど前にもいうように日本人には滑稽は適せぬのか、あるいは短歌には滑稽は適せぬのか、あまり上乗のものはないのである。

これは万葉集ばかりでなく、古今集などはさらにひどいので、その俳諧歌と称する如きは、全く言葉の洒落のみとなりおわっているのである。

これは戯れに僧をあざける歌となっている。「法師たちの鬚の剃りぐいに馬をつないで、ひどくひくなよ法師は泣こう」というのである。『ひげの剃りぐひ』などというのも、滑稽としては、極めて低級の言葉のおかしさにすぎないところがある。『剃りぐひ馬つなぎ』にしても、決して進んだ諷刺とはなっていない。

＊

檀越《だむをち》やしかもな言《い》ひそ里長《さとをさ》が課役《えだち》はたらば汝《いまし》も泣《な》かむ（巻十六・三八四七）　**作者未詳**

法師の答えた歌である。『檀越』は「旦那」である。すなわち僧に布施をする在家の俗人である。「檀越よ。法師は泣かむなどとそんなにいうなよ。里長が来て税金や課役を催促したなら、お前も泣くであろう」というのである。里長のむごい取り立てを諷刺しているようにも取れないことはないが、実はそこまで行っているのではなく、単なる前の歌に対する口答えであるにすぎない。

以上、作者未詳年代不明の作は、すでに述べたように、万葉集を読むに当っては、大体作者および年代を明かにし得る作品を本筋と立てて、その補ないとするくらいで足りるのではないかと思う。本書の記述は本来そうした心持で組立てたものである。

万葉集関係皇族系図

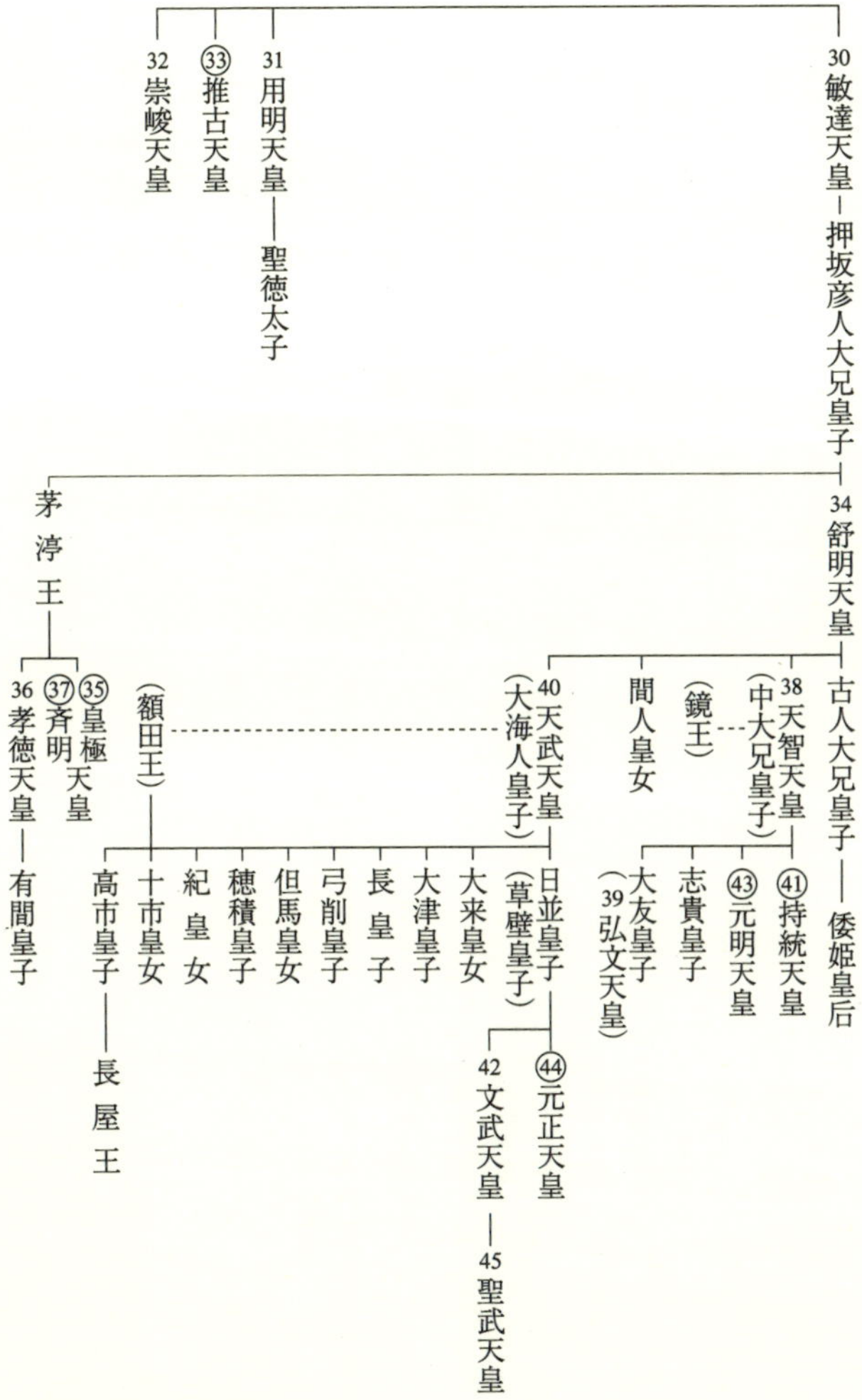

数字は歴代天皇代数、丸は女帝

万葉集略年表

西暦	年号	事項	代表的歌人
		〈古代・飛鳥〉	
五九三	推古元	厩戸皇子（聖徳太子）皇太子となる。	磐姫皇后
六〇四	推古一二	十七条憲法。	雄略天皇
六二二	推古三〇	聖徳太子没。	聖徳太子
六二九	舒明元	舒明天皇即位。	舒明天皇
六四二	皇極元	皇極天皇即位。	有間皇子
六四三	皇極二	蘇我入鹿、山背大兄王を殺す。	中大兄皇子
六四五	大化元	中大兄皇子、中臣（藤原）鎌足らと蘇我蝦夷、入鹿の父子を滅ぼす。	額田王
六四六	大化二	大化の改新の詔発せらる。	大海人皇子
六五五	斉明元	皇極天皇重祚して斉明天皇となる。	藤原鎌足
六六一	斉明七	新羅遠征のため難波出帆。斉明天皇崩御。	
六六三	天智二	白村江にて遠征軍大敗。	
六六七	天智六	近江大津宮に遷都。翌年天智天皇即位	
六七一	天智一〇	大海人皇子、吉野に引退。天智天皇崩御。	
六七二	弘文元	壬申の乱、大海人皇子勝利ののち、飛鳥浄御原に遷都。	

		〈飛鳥・藤原時代〉	
六七三	天武元	天武天皇即位。	
六八六	朱鳥元	天武天皇崩御。大津皇子謀反罪により自決。	大津皇子
六九〇	持統四	持統天皇即位。吉野離宮にしばしば行幸。	大伯皇女
六九四	持統八	藤原宮に遷都。	持統天皇
六九七	文武元	持統天皇譲位、文武天皇即位。	柿本人麿
七〇七	慶雲四	文武天皇崩御。元明天皇即位。	高市黒人
		〈奈良朝前期〉	
七一〇	和銅三	平城京に遷都。	
七一二	和銅五	『古事記』撰進される。	山上憶良
七二〇	養老四	舎人親王ら『日本書紀』を撰進する。	大伴旅人
七二四	神亀元	聖武天皇即位。	大伴坂上郎女
七三一	天平三	大伴旅人没。	山部赤人
七三三	天平五	山上憶良没。	高橋虫麿
		〈天平時代〉	
七四〇	天平一二	藤原広嗣の乱。恭仁京に遷都。	遣新羅使人
七四六	天平一八	大伴家持越中守として赴任。	茅上娘子
七五二	天平勝宝四	東大寺大仏開眼供養。	笠女郎
七五八	天平宝字二	大伴家持因幡国庁に遷任。	防人
七八五	延暦四	大伴家持没。	大伴家持

万葉集歌詞索引

〈あ〉

〈い〉

〈う〉

〈お〉

〈か〉

〈き〉

〈く〉

土屋　文明（つちや　ぶんめい）

明治23年、群馬県に生れる。高崎中学時代に短歌を作り始める。中学卒業と同時に歌人の伊藤左千夫をたよって上京、短歌雑誌「アララギ」に参加する。一高を経て東京帝大哲学科を卒業し、一時、長野県において教育に専念。その後「アララギ」の編集責任者となり、写実主義短歌の推進者として活躍する。幾つもの歌集の他、歌論集及び万葉研究書を刊行している。昭和61年には文化勲章を受章する。

著書に『山谷集』『韮菁集』『青南集』などの歌集、『万葉集私注』『萬葉集年表』などの万葉研究書等がある。

万葉名歌《まんようめいか》

二〇〇一年十二月二十五日　発行

著　者　土屋文明《つちやぶんめい》
編　集　桜井信夫
写　真　桑原英文
装　丁　山本ミノ
発行者　宮島正洋
発行所　株式会社アートデイズ
〒160―0008　東京都新宿区三栄町17四谷和田ビル
電　話（〇三）三三五三―二二九八
FAX（〇三）三三五三―五八八七
http://www.artdays.co.jp
印刷所　中央精版印刷株式会社

乱丁・落丁本はお取替えいたします。